KB124345

생활 속의 보이차

CHAPTER

2부
공부할수록 이익이 되는 보이차

3부
당신이 알고 있던 보이차는 잊어라

4부
지나간 과거를 마시지 말고 현재와 미래를 마시자

보이차를 마신다는 것은
자연과의 우아한 호흡

보이차를 경험하는 것은 아주 익숙한 공간에서 뭔가의 새로움을 발견하고 머리를 한대 얻어맞은 듯한 느낌이었다. 속이 차고 쓰려서 녹차를 멀리하고, 기름진 중국음식을 먹을 때나 우롱차(특히 철관음)를 찾고, 홍차를 마시면 잠을 못 이뤄 항상 커피를 입에 달고 살던 내가 어느 날 문득 보이차를 만나 지구가 만들어낸 강력한 전기 충격에 감전된 셈이니까.

처음 마실 때 좋았던 건 배에 전해진 따뜻함이다. 찻잔에 계속 채워지는 차를 마시다 보면 어느새 몸이 따뜻해지면서 편안해지고 '어, 이 느낌은 뭐지?' 자문하는 나를 발견하니까. 며칠 후 보이차에 조금씩 익숙해지면서 좋았던 건 내 코가 느낀 찻잎의 신선함이다. 커피와는 다른 향기를 맡으며 '어, 이 느낌은 또 뭐지?' 하는 의문을 따라가다 보면 원난성에서 발원해 아시아를 정복한 찻잎의 원시적 생명력을 호흡할 수 있다. 하루에 머그 서너 잔씩 마시던 커피와 보이차를 병행하느라 내 경우 입이 보이차를 받아들이는 데에 몇 달 정도 걸렸던 것 같다. 워낙 익숙하고 강한 맛이라 보이차를 마시고 커피를 한 모금 들이켜면 그 섬세한 향과 혀끝의 감각이 순간 휘발되어버리니 매일의 치열한 일상 속에서 가이아의 숨결을 느낀다는 건 쉽지 않았을 테니…

'아 이게 진짜 좋군'이라고 느끼게 된 건 첫 한 편을 다 마시고 다른 보이차를 한 편 구해 마시면서 전혀 새로운 맛과 향이 몸으로 들어왔던 순간이었다. 커피의 고만고만한 유사성과는 다른 날 것의 느낌이랄까, 전에는 뭔가 정제되고 절제된 무언가였다면 이번엔 히말라야를 바라보며 자란 야생의 기운이었다. 그 이후 커피를 찾는 횟수가 많이 줄었다. 다양한 보이차를 주문해 입과 코를 호강시키는 재미와 이런저런 모양과 색깔의 자사호를 찾아 서핑하는 루틴에 한동안 몰두했고, 그 와중에 접한 많은 상식과 경험담에 열광했다. 두 달 정도, 나를 만나는 사람마다 그 좋아하던 커피를 왜 요즘 안 마시냐고 묻곤 했으니까. 개인적으로 담배보다 끊기 힘든 게 커피였는데 그걸 단기간에 해냈으니 참 보이차의 매력이 강력하긴 한가보다.

요즘은 전과 달리 보이차를 즐기는 절차가 가벼워졌다. 자사호를 고집하지도 않고 우리는 시간도 차 종류와 상태를 보고 내 맘대로 정한다. 담아 마시는 그릇도 일할 때는 그냥 큰 머그를 집어 들고, 뭔가 머릿속에 정리가 필요할 때는 정성스럽게 다기들을 꺼내와 하나하나 순서대로 들고 내리고 담고 비우곤 한다. 배가 찼을 땐 생차를 꺼내고 배를 비웠을 땐 숙차를 달이고, 날카로운 감성이 필요하면 생차의 색깔을 집요하게 체크하고 편안한 휴식이 필요할 때면 숙차 우리는 시간을 조절한다. 2분 이상 달이면 떫어지는 생차를 만나면 호흡을 바짝 조이고, 그 이상 우려도 우아함을 잃지 않는 생차라면 편안하게 풀어준다. 이젠 커피보다 더 친한 친구가 되었다고나 할까? 그리고, 이보다 더 진솔하게 자연과 호흡하는 과정이 또 있을까?

- 박현호 - 스튜디오 델타 대표,
前 MBC 콘텐츠사업국장, 예능프로듀서

약간 아는 것은 아예
모르는 것보다 더 무섭다

보이차는 아직 커피나 와인처럼 대중화되지 않았기 때문에 입문하기는 쉽지 않았습니다. 저 역시 뚜렷한 기준보다는 뜬구름 잡는 소문들에 귀를 기울이며 바가지를 쓰고 보이차를 구입하기 십상이었습니다. 커피나 와인의 경우 프로 혹은 아마추어 비평가들이 워낙 많고, 가격과 유통이 규격화되어 있지만 보이차에 관한 한 이런 정보들이 많이 부족했습니다.

그럼에도 보이차만큼은 좋은 것을 마십니다. 제가 보이차에 관해 식견이 있거나 맛에 예민해서가 아니라 보이차에 관해 몹시 무지한 저에게 좋은 보이차를 소개해 주는 저자 덕분입니다.

무언가를 배우는 일이 다 그렇지만 기본이 중요합니다. 김찬호 대표가 늘 말하는 "금융이든 보이차든 헬스든 골프든 약간 아는 것은 아예 모르는 것보다 더 무섭다"라는 말이 이런 경우일 것입니다. 김찬호 대표의 첫 번째 책인 커피보다 보이차가 너무 어렵지 않고 간결하며 나중에 살을 붙여 더 깊은 곳으로 갈 수 있게 인도해 주어 초심자가 방향을 잡기에 아주 좋은 책이었다면, 이번 책은 그것을 바탕으로 좀 더 보이차를 실생활 속에서 활용하는 데 도움을 주길 기대합니다.

- 치과 전문의 문창수

중국본토와 대만 홍콩 싱가포르 등 각지에서 추천사가 왔기 때문에 독자들이 읽기 편하게 번역하였습니다

因茶相遇，以茶会友

- 秀天然·茗源商行　张秀缎

2018年春，那是一个阳光明媚的午后。

我在自己的小店里面隐约可以听到门外人来车往，汽车拉长的鸣笛声。抬头透过玻璃门看外面是否有顾客上门，但是手中动作丝毫没有停滞，温壶涤器，置茶冲水。

茶叶在滚烫的水中舒展开来，翠绿如新，白色的烟雾分不清是蒸汽还是茶香在空气中弥漫，哐当地一声门开了，映入眼帘的是一位看起来彬彬有礼的中年男子，我站起来微笑寒暄，他的回应我至今记得"茶很香！"

这是我和金先生的第一次见面，谈不上特别，但是在很多进入茶店的人中，却是第一个一进来就说茶香的人，

交谈之中，金先生有一口还算流利的中国普通话，喜欢中国的茶叶，尤其是普洱茶，对于中国的茶文化如数家珍，让我这样一个从小种茶，与茶为伴的人都觉得自愧弗如。

在这之前，我也认识不少国外的客户，但是像金先生这样懂茶爱茶的人却是头一个。俗话说酒逢知己千杯少，我们以茶代酒，亦是交谈甚欢！

在金先生的推荐之下，他很多朋友甚至来找我的小店团购了，韩国，美国，日本还有新加坡等等。

因茶而遇，以茶相识，真是一种美好。

期待下次见面，我请你一杯好茶，茶里都是故事。

10

차의 인연으로 친구를 만나다

-중국 수천연·명원상행 장수단

2018년 봄, 화창한 오후였다. 내 작은 가게 안에서 자동차가 멈추는 소리를 어렴풋이 듣고 고개를 들어 유리문을 통해 고객이 방문했는지를 보면서 차를 계속 우리고 있었다. 그리고 차를 음미하려고 하는 그때 문이 열리고 예의 바르게 보이는 중년의 남자가 문을 열고 들어왔다. 나는 일어서서 미소를 지으며 반겼고, 그는 '차의 향이 아주 좋네요!'라고 첫마디를 내뱉었다. 그것이 김선생과 나와의 첫 번째 만남이었다. 특별한 이야기를 나누진 않았지만 나의 가게에 왔던 많은 사람 중에 들어오자마자 차의 향에 대해서 이야기한 사람은 김선생님 밖에 없었다. 김선생님은 중국어가 유창했고 중국의 차, 특히 보이차를 좋아했다. 그의 보이차에 대한 지식은 중국의 차문화에 대해 어릴 적부터 수많은 세월을 마셔온 나를 부끄럽게 했다. 이전에도 외국의 고객을 적지 않게 알고 있었지만, 김선생처럼 차를 이해하고 좋아하는 사람은 처음이었다. 속담에 술은 지기를 만나면 천 잔이 적다는 말이 있듯이, 우리는 차로써 술을 대신했고, 또한 아주 즐겁게 대화를 했다! 김선생의 추천으로 한국, 미국, 일본 그리고 싱가포르 등지에 있는 많은 친구들이 내 작은 가게에 찾아와 구매하기도 했다. 차(茶)로 인하여 서로를 알게 되는 것은 정말 아름다운 일이다. 차에는 많은 이야기가 있기에 나는 김선생과의 다음번 만남을 기대하며 아주 좋은 차를 대접하고 싶다.

因茶而遇，以茶相识，真是一种美好。

-OVP 新加坡 周东潞 2021年元旦

金先生给人印象最深的，是脸上的酒窝，还有对茶的热忱。

当我因茶而遇，以茶相识，真是一种美好。

知道，他已经出了一本以韩文撰写普洱茶的书籍，我心中油然敬佩。

作为同道的茶人，我们一眼就能辨识彼此。

许多人爱茶，是因为它的健康功效，或是因为它的香气，或是因为它的颜色，或是因为它的味道，或是因为它的体感；

许多茶人做茶，首先爱茶，同时也与茶相依为命，靠茶养家糊口；

而金先生于茶，则晋升到了，为传播茶文化而想尽办法，不遗余力。

我们新加坡老寨古茶OVP TEA，有名的是名山古树早春生茶，而我自己的故乡就是六堡茶的故乡。

茶，让世界认识了中国。

六堡茶，让世界认识了广西。

很期待金先生的这本书籍。

차를 통해 만나게 된 것은 멋진 일입니다

-싱가포르 OVP 주동로 2021년 1월

김선생을 처음 봤을 때 가장 인상 깊었던 것은 얼굴에 있는 보조개, 그리고 차에 대한 열의였습니다. 그리고 이미 보이차에 관한 책을 집필했다는 것을 알았을 때, 나는 마음속으로 역시 그렇구나! 하며 감탄했습니다. 같이 차를 좋아하는 사람으로서, 우리는 한눈에 알아볼 수 있었습니다.

많은 사람들이 차를 좋아하는 이유는 건강이나 향, 색, 맛 또는 체감 때문일 것입니다. 또 우리 같은 차상인들은 차를 만들고 판매하며 생계를 유지하고 가족을 부양하고 있습니다. 그리고 김선생은 차(茶) 문화 확산을 위해 노력과 수고를 아끼지 않았습니다. 우리 싱가포르의 OVP TEA 차장은 유명한 산의 오래된 나무에서 채취한 이른 봄의 차로 유명합니다. 그리고 저의 고향은 육보차의 고향과 같습니다. 아직까지도 잘 알려지지 않은, 좋은 생차와 숙차, 육보차들이 너무나 많습니다.

차로서 세계에 중국을 알리십시오.
육보차로서 세계에 광서성을 알리십시오.
이번 김선생님의 책은 기대가 큽니다.

正所謂 「千里茶緣一線牽」

- 鎮勝茶坊　丁怡如

真切的以茶會友四方客，是一段奇妙的茶緣！

本店座落於台灣著名觀光景點-鶯歌陶瓷老街上，擁有對茶學興趣的分享與壺的鑑賞，經常吸引來自世界各地的茶友們到來。

讓原是素昧平生、從未謀面的2人，因緣際會下，雖是身處不同國度的我們，因有著共同好友亦是茶友的媒介之下，便開啟由電話、網路的兩端而相識了，基於對普洱茶的喜愛與認知，我們經常性你來我往的探究著、討論著普洱茶的文化。

再與金先生交流的同時，從中也得知他與一票茶友經常性地舉辦茶會活動～品茶、論茶，因此我也常常推薦金先生許多有關生、熟普洱茶的茶品及茶樣試喝，再由金先生與一票茶友們團購方式購買！

相信以金先生喜茶人的角度看茶聊茶，亦能獲得許多茶友之共鳴！

속담처럼
"천리가 차로서 연결돼있다"

- 대만 진승차방 정이여

차와 함께 세계의 친구들을 만나는 것은 멋진 인연입니다! 저희 가게는 대만의 유명한 도자기 거리에 위치하고 있으며, 차에 대한 흥미를 공유하고 자사호를 감상하면서 전 세계의 차 애호가들이 자주 찾는 곳입니다.

일면식도 없는 두 사람이 보이차를 매개체로 하여 운명처럼 만나게 하여, 비록 서로 다른 나라에 있지만 공통의 친구가 되었고, 전화와 인터넷 등을 이용해 서로를 알게 되었습니다. 이제 우리는 푸얼차에 대한 우리의 사랑과 인식을 바탕으로 푸얼차의 문화를 자주 탐구하고 토론합니다.

김선생과 대화를 하면서 한국의 보이차 시음회가 정기적으로 열리고 토의하는 것을 알게 되어, 저는 그곳에도 좋은 보이차를 자주 추천합니다. 그리고 김선생과 차 동호인들은 공구를 통해서 차를 구매하기도 합니다. 김선생이 차 애호가의 시각으로 차를 마시고 이야기하는 것만으로도 많은 차 동호인들의 공감을 얻을 수 있을 거라고 믿습니다.

-Derek Sun Sing Tea HK

Known Mr. Kim for more than 7 years, his first impression is still in my mind. A tall Korean gentleman, in a dark coat over the suit, carrying a very traditional suitcase, wearing a dark rough glasses, came to ask an advice of puerh teacake in good quality. It was quite rush for his first visit, near the Chinese New Year Holiday, maybe he was busy in preparing souvenir and back to Singapore of the holiday. We had not much time chatting or introducing about the puerh tea.

When his stay working in Commerz Bank Hong Kong, he had more time with us and we were talking more about the Puerh Tea, the history, the story of the teacake, the raw material and also the trend of the industry. He loved the tea and bought our promotion tea every year. From a drinker to lover and now being a "introducer", knowing that his second book about tea, with his enthusiasm and passion, I am glad to writing here and hope he gets a success of his new role.

7년 넘게 알아온 김선생의 첫인상은 아직도 머릿속에 남아 있습니다. 양복 위에 검은색 코트를 입고 검은 안경을 쓴 키가 큰 한국의 신사가 전통적인 서류 가방을 들고 저희에게 좋은 품질의 보이차에 대한 조언을 구했던 모습이 아직도 생생합니다. 그의 첫 번째 방문 때는 구정이 다가오고 있었고, 기념품을 준비하기에 바빴고 싱가포르로 돌아갈 준비를 했기에 대화를 나눌 시간이 촉박했습니다. 그래서 우리는 보이차에 대해 이야기하거나 보이차를 소개할만한 시간이 많지 않았습니다.

그가 홍콩의 코메르츠 은행에서 일하게 되었을 때, 그는 우리와 많은 시간을 함께 했고 보이차와 보이차 역사, 보이차에 관한 이야기, 보이차의 원재료, 보이차 업계의 동향에 대해 많이 이야기했습니다. 그는 차를 너무나 좋아했고 매년 프로모션하는 우리의 차를 구입했습니다. 보이차를 마시던 사람에서 보이차를 사랑하는 사람으로 바뀌었고, 이제는 보이차를 소개하는 사람이 된 그의 정성과 열정을 가지고 쓴 두 번째 책에 추천사를 쓰는 것을 기쁘게 생각하며, 이 책으로서 그의 소망이 이루어지기를 바랍니다.

프롤로그

최근 일본의 한 매체에 따르면 의료 전문가들이 꼽은 면역력을 높이는 음료로 뜨거운 차가 1위와 2위를 차지했다고 합니다. 바이러스는 열에 약하기 때문에 뜨거운 상태로 마시면 입안의 바이러스가 죽게 되고, 자주 차를 조금씩 마셔 목 안을 촉촉하게 유지시켜 주면 바이러스 예방하는 좋은 생활습관이라고 했습니다.

제가 보이차 책을 집필하고 시음회와 강연을 하는 이유는 비록 보이차는 만병통치약은 아니지만 제 주위의 많은 사람들이 안 아프게 행복하게 건강하게 오래오래 저와 함께 만나고 놀고 먹고 운동하길 바라기 때문입니다. 또 많은 분들이 보이차를 처음 접해보고 "보이차는 너무 좋다.. 여기에 빠지면 다른 인스턴트 음료들은 생각이 안 난다"라고 말씀을 하실 때 저는 큰 만족을 느낍니다. 그때마다 마치 어느 광고처럼 "몸에 참 좋은데 어떻게 설명할 방법이 없네"라는 문구가 생각이 났고, 그래서 쉽게 보이차를 설명하기 위해 시작한 보이차 책 쓰기가 어느덧 두 번째 책을 쓰게 되었습니다. 이 책에는 어떻게 하면 많은 사람들이 쉽게 보이차를 즐길 수 있는지, 보이차의 새로운 활용법과 앞으로의 전망 등을 고민하면서 썼습니다. 이 책은 페이스북 보이차 동호회에서 나눈 이야기와 개별 인터뷰를 바탕으로 작성이 되었고 보이차 시음회에서 나온 이야기도 많이 반영돼있습니다. 기초적인 보이차에 대한 지식은 저의 첫 번째 책인 <커피보다 보이차>를 참고해 주시길 부탁드립니다.

중국 농업과학원 찻잎 연구소의 연구원인 천쫑마오(陈宗懋) 씨는 차를 80여 년 마셨고, 60여 년을 연구했습니다. 그분이 하신 말 중에 제가 좋아하는 문장이 있습니다.

饮茶一分钟: 解渴 "차를 1분 마시면 갈증이 풀리고"

饮茶一小时: 休闲 "차를 1시간 마시면 휴식이 되고"

饮茶一个月: 健康 "차를 한 달 동안 마시면 건강해지며"

饮茶一辈子: 长寿 "차를 쭉 마시면 장수한다."

제 작은 노력이 여러분이 좋아하는 맛과 향의 보이차를 만나는데 미약하나마 도움이 되길 바랍니다.

1

보이차를 마시고
달라졌어요

이 체험기는 '몸으로 느끼고 배운 보이차'라는
페이스북 보이차 동호회의 회원들이
직접 작성한 것으로 실명을 원칙으로 하되,
가명을 원하시는 분들은 가명을 사용했습니다.
또한 김찬호 대표라는 명칭은 저자로 바꾸었습니다.

바쁜 사무실에서
느끼는 작은 행복

숙취 해소와 마인드 컨트롤에 도움,
커피보다 저렴한 보이차
전성배 40대 남성 서울 회사원

저는 싱가포르에 출장을 갔다가 아주 우연한 기회에 보이차를 접하게 되었습니다. 저자님 댁에서 좋은 와인을 함께 마시려고 찾아갔다가 오히려 보이차를 맛보게 되었는데, 생전 처음이었지만 너무 좋았습니다. 그 이후부터 저자가 한국에 출장을 올 때마다 제가 먼저 찾아가 이런저런 보이차 정보를 묻고 공구도 참여했습니다. 제가 이렇게 빠르게 보이차에 빠지게 된 것은 이유가 있었습니다. 바로 숙취가 완전히 없어졌기 때문이었습니다. 평소에 업무상 음주가 적지 않은 편인데, 신기할 정도로 다음날 숙취가 사라졌습니다. 보이차를 알기 전에는 정신이 없었던 회식 다음날 아침이 변화하기 시작한 것이죠. 그 이후부터 매일 아침에 출근하면 보이차부터 우리게 되었습니다. 차 한잔 마시면서 업무를 시작하면 균형이 잘 잡을 수 있었습니다. 보이차를 우리는 향을 맡으며 아침을 시작하는 것이 저의 소소한 즐거움이 된 것이죠.

번거로울 것 없이 뜨거운 물만 있으면 표일배로 제 자리에서 충분히 마실 수 있어서 더욱 좋았습니다. 급박하게 돌아가는 업무상 성격이 다소 급하고 항상 날카로워져 있는데, 보이차를 마시면서 마인드 컨트롤하는데 상당히 도움이 됐습니다. 요즘은 보이차가 떨어지거나 외부에 깜빡하고 못 챙겨 나오면 오히려 보이차가 없어서 예민해질 정도입니다.

특히 저희 가족 모두가 보이차에 빠지게 된 계기가 있는데 홍콩으로 여름휴가를 갔을 때였습니다. 초등학생이던 두 아이들과 함께 저자가 회원으로 있는 차장(茶莊)을 방문했는데, 지루해할 줄 알았던 아이들이 의외로 참 좋아했습니다. 처음에는 연하고 은은하게 타서 줬습니다. 평소엔 찬물을 자주 마시곤 했던 아이들에게 뜨거운 보이차를 주니까 오히려 좋아했고, 낙엽 냄새가 나고 땅의 냄새라며 좋아했습니다. 아이들이 숲길을 걸을 때 나는 좋은 향이라고 해서 보이차를 소개해 주길 잘했다고 생각했습니다. 지금도 학원에서 돌아오면 냄새를 맡고 보이차를 우리냐며 스스로 먼저 찾습니다. 물론 얼마 안 된 쓴맛의 생차보다는 은은하고 부드러운 90년대 혹은 2000년대 초의 숙차를 위주로 찾았습니다. 아이들이 탄산음료 마시는 양이 확연히 줄고, 겨울철 감기도 잘 걸리지 않게 되었습니다. 보이차는 꼭 어른들이 마실 것이 아니라는 걸 느끼게 되었죠.

매일 아침 사무실에서 표일배로 간단히 우린 보이차

저는 이제 오래된 숙차 위주에서 좀 더 독특한 맛들을 느껴보고 싶어서 새로운 생차들을 맛보는 재미에 빠져있습니다. 오래된 생차 가격대가 높다고 들어서 처음에는 고민 이 되는 부분이었습니다. 그런데 계산을 해보니 매일 한 잔씩 마시는 커피값보다 싸다는 것을 금세 알게 되었습니다. 우선 저자를 비롯한 국내외 전문가에게 추천을 받아 샘플이나 작게 쪼개서 파는 생차들을 다양하게 맛보았습니다. 그렇게 나에게 잘 맞는 보이차를 찾은 후에 저자가 공구를 할 때 참여하면 부담할 만한 수준의 금액이었습니다. 매일 몇 잔씩 마신다고 한다면 요즘 커피숍의 아주 저렴한 커피와 비교해도 비싸지 않은 가격이죠. 오전에 1리터 정도 마셔두면 점심을 먹고 소화도 잘되고 배뇨가 잘 돼서 좋았습니다. 저는 그동안 회사 동료들에게 보이차를 많이 퍼트렸습니다. 술자리가 많고 스트레스가 큰 동료들에게도 분명 효과가 있을 것이기 때문이었습니다. 다른 차들보다 분위기도 있고, 차 이야기를 훨씬 풍부하게 할 수 있다는 장점도 있었죠.

앞으로도 저는 격식을 차리고 마시는 것보다 지금처럼 표일배를 이용해서 꾸준히 마시고 싶습니다. 하나의 오랜 취미가 생긴 것 같아 좋고, 가족 친구들과 소통하는 매개체가 되어서 더욱 좋았습니다.

연구실에서 꾸준히
마시는 보이차

교수 혈류 개선과 컨디션 회복,
부부의 공동 취미를 선물한 보이차
손무현 50대 남성 서울 교수

여러 친구들과 함께 우연히 참여한 저자의 보이차 동호회에서 보이차를 처음 접하게 되었습니다. 그때는 어떤 차도 장기간 마셔본 적이 없어서 어떤 맛인지 한두 번 마셔봐도 잘 몰랐고 어떤 걸 어떻게 마셔야 하는지, 어떤 효과가 있는 건지도 전혀 몰랐습니다. 처음 마시며 느꼈던 점은 풀 향기가 생생하게 난다는 것이었고, 사실 제 입맛에는 정말 맛있다 정도는 아니지만 나름 구수한 맛도 나와 흥미가 생겼다는 것입니다. 그런데 열이 좀 올라오는 듯한 열감이랄까요, 몸이 전반적으로 따듯해지는 느낌을 받았습니다. 저는 혈관질환을 앓고 있었습니다. 그것 때문에 얼굴 혈색이 좋지 못하고 피곤해 보인다는 말을 자주 듣고 살았습니다. 그런데 마셔보니 알겠더라고요. 보이차를 꾸준히 마시며 얼굴색이 좋아진다고 할까요. 혈류의 흐름이 좋아지는 것 같았습니다. 주위 사람들이 얼굴색이 밝아 보인다며 달라진 점을 먼저 말해주었습니다.

　제가 느끼기에도 컨디션은 확실히 좋아졌습니다. 그 후 매일 숙차를 2리터씩 마셨습니다. 저자의 조언으로 2달 이후에는 생차로 바꿨는데 더 잘 맞는 것 같습니다. 컨디션이 좋아지는 것을 확실히 느낍니다. 겨울에는 뜨거운 차가 잘 넘어가지만 날씨가 더워지면서 아무래도 덜 마시게 되었습니다. 그런데 보이차를 마시지 않는 시기에는 전반적으로 다운되는 듯한 느낌을 받았습니다. 회복되고 있었던 혈액순환도 기분상인지 잘 안되는 듯한 느낌이 들었습니다. 그래서 올 초부터 다시 열심히 마시기 시작했습니다. 그뿐만 아니라 다양한 보이차 책을 통해서 다이어트에도 효과가 있고 항암에도 도움이 된다는 것을 알게 되었습니다. 물만 마시던 저희 집사람도 조금씩 보이차를 마시기 시작했고, 지금은 함께 우리고 마시는 공동 취미가 되었습니다.

연구실에서 보이차를 우릴 때 쓰는 도구들과
마시고 남은 보이차를 보관하는 모습

이제 좋은 보이차들은 지인들 추천과 공구를 통해서 먼저 알아보고 적극 구입하고 있습니다. 대부분 한문이고, 수많은 보이차 정보들이 넘치지만 저자가 보이차에 대해 전문가이기 때문에 많은 도움을 받고 있습니다. 특히 보이차 동호회 모임 때 저에겐 큰 행운인 것 같은 좋은 생차도 만났습니다. 숙차에 비해서 가격은 비싸지만 지금은 감당할 수 있는 수준입니다. 커피를 습관적으로 매일 두세 잔씩 마시던 습관이 더 이상 생각이 안 나서 커피값을 절약할 수 있었습니다.

저는 보이차의 남은 찌꺼기들도 안 버리고 모아 놓고 있습니다. 사무실 책상 서랍 안에 보관을 하고 있죠. 퇴근할 때 그것을 열어 두고 가면 연구실 내의 냄새들을 깨끗하게 흡수합니다. 아침에 출근하면 퀴퀴한 냄새가 사라져 있습니다.

어떻게 보면 저에게는 친해지기 어려울 것 같았던 보이차를 저자가 가이드를 잘해주고 있어서 다행이라는 생각이 듭니다. 이것을 약으로 생각하거나 단기간에 효과를 보겠다는 의도였다면 금방 그만두었을 것 같습니다. 물처럼 수분 섭취를 충분히 해준다는 생각으로 생활 음료라고 생각하고 습관을 들이면서 보이차를 마시고 있습니다.

보이차를 마시면서
바뀐 우리 가족

자연스럽게 개선된
가족의 식생활
김지민 50대 남성 서울 요식업

　보이차는 확실히 제 가족의 생활, 특히 식습관을 바꿨습니다. 저는 딸아이 둘과 함께 생활을 하다 보니 단 음식과 탄산음료 등을 많이 마셨습니다. 다들 바쁘다 보니 식사 시간도 불규칙해서 그날 그날 딸들이 내키는 대로 함께 먹게 되었습니다. 그러다 혈당이 높아지고, 밥을 먹어도 더부룩한 상황이 이어졌지만 딱히 저만 따로 건강식을 차려 먹는 것도 번거로워서 고민이 있었습니다. 그러다 저자에게 보이차를 소개받게 되었고, 아이들과 같이 마시기 시작을 했습니다. 빠르게 혈당을 높이는 음식들을 먹었지만 보이차를 식후에 마시니 속이 편하고 오후의 시작을 상쾌하게 유지해 주었습니다. 아이들도 거부감 없이 꾸준히 마실 수 있었습니다. 그걸 반복하다 보니 저뿐만 아니라 아이들도 단 음식을 점차 줄이게 되고 덜 좋아하게 되었습니다. 차 맛을 알아가는 기쁨이랄까요. 특히 가족들이 식생활이 자연스럽게 개선되니 무척 좋았습니다. 아이들의 식생활에 좋은 영향을 미친 것 같습니다.

저희는 이제 아침마다 미리 보이차를 많이 우려 놓습니다. 가족들이 함께 모여서 마시는데, 급할 때는 진하게 우려놓기도 합니다. 에스프레소처럼 진하게 마시면 아침잠을 깨는데 커피 이상으로 효과적이었습니다. 다기는 주로 제가 사용하는 것들이 따로 있지만, 저자가 조언했듯이 도구에 구애받지 않고 편한 대로 담아서 마시니 참 좋았습니다.

격식에 구애받지 않고 편하게 집에서 우리는 보이차 용기

외출할 때는 각자 보온통에 챙겨가서 물처럼 마셨습니다. 저는 평소에 계절별로 민트차부터 오미자차, 결명자차 등을 바꿔가면서 마셔왔습니다. 그 계절에 어울리는 맛과 향이 있기 때문입니다. 그런데 보이차는 기본적으로 꾸준히 마십니다. 계절을 타지 않고 언제 마셔도 반감이 없기 때문입니다. 분명히 다른 차에 비해서 장점이 많은 차인 것 같습니다.

다른 차들은 몰라도 앞으로 보이차는 계속 건강습관이자 취미생활로 이어가려고 합니다. 보이차 구입을 저자인 저자를 통해서 진행해 왔는데, 저렴하고 믿을 수 있는 곳이 많았습니다. 또한 보이차 시음회에서는 보이차를 알아갈 수 있고, 끊임없는 화젯거리가 있어서 마시는 즐거움도 있습니다. 가격대도 어떤 보이차를 원하느냐에 따라 다르겠지만 저처럼 일상에서 즐기기엔 다른 차들과 비교했을 때 가격대도 부담스럽지 않고, 커피와도 비교했을 때 비싸다고 느껴지진 않았습니다. 오늘도 보이차를 마시며 심신의 건강에 큰 도움이 되는 보이차를 만난 것에 감사하게 생각하고 있습니다.

타국에서 보이차를
접하고 느낀 점

혈액순환 개선 및
정서적 안정을 선물
박지수 50대 여성 서울 주부

　보이차? 어르신분들이 마시고 TV에도 종종 소개되니까 그런가 보다 하고 지나가는 차 중에 하나였습니다. 건강을 위해 마시는 맛없는 차라고 생각하고 별 관심 없었던 것이죠. 그래서 부모님 선물용으로 사다 드리곤 했습니다. 그런데 예상하지 못한 곳에서 보이차와 인연이 생겼습니다. 20대 후반이었던 딸이 외국에서 회사 생활을 하고 있었는데, 업무에 굉장히 시달리면서 일을 하고 있었습니다. 아주 건강했던 딸이 볼 때마다 체력이 고갈되어 가는 것을 보면서 안타까웠습니다. 건강검진을 했지만 별 이상이 없어서 체력이 달려서 피곤하겠구나 생각하고 운동과 보이차 마시기를 병행했더니 많이 좋아졌습니다. 저도 함께 보이차를 마시며 딸의 컨디션이 확연히 나아지는 걸 볼 수 있었고, 저도 굉장히 피곤했는데 생활에 활력이 생기는 느낌이 분명히 있었습니다. 혈액순환이 잘 되는 것 같은 느낌이랄까요, 손발 찬 것도 확실히 좋아졌습니다. 화장실을 다녀오면 몸 안의 노폐물이 빠져나가는 느낌이 저에게는 참 좋았습니다.

또 타지에 있으면서 코로나가 번지고 의료보험도 없는 곳에서 지내려니 스트레스가 컸지만 보이차를 마시면 마음이 안정되고 몸이 가벼워지는 느낌도 있었습니다. 보이차 때문에 체중이 줄었는지는 확실히 모르겠지만 매일 집중적으로 마시는 기간 동안 체중도 자연스럽게 유지가 되었습니다.

해외에서 딸과 함께 지내다가 한국으로 돌아와서 코로나로 인해 자가격리를 해야 했습니다. 그 14일 동안 저는 보이차의 매력을 더 깊이 알 수 있게 되었습니다. 가장 고마웠던 것은 정신적으로 혹은 정서적으로 도움이 컸다는 점입니다. 아무도 만나지 못하는 자가격리 기간은 불안과 답답한 기분이 때때로 몰려드는 힘든 시간이었습니다. 책을 보고 음악을 들어봤지만 별 효과가 없었습니다. 싱가포르에서 가져온 보이차를 마시며 보내는 시간에는 정서적으로 안정을 찾는 데 도움이 됐습니다. 그때가 아마 보이차가 내게 잘 맞는다는 것을 느끼게 된 시간인 것 같습니다. 보이차를 마시면서 차 자체가 몸에 주는 효과뿐만 아니라 정서적으로 도움이 된다는 느낌이 들면서 매력을 깊이 알게 되었습니다. 정서적으로 불안하거나 힘들 때 차를 마시면서 힐링이 되는 것들이, 요즘 세상에서는 몸만큼 정신건강도 중요하기 때문에 그것에 도움이 되는 것 같습니다. 저자가 보이차 시음회 때 중국과 홍콩의 학생들이 심신의 안정을 위해서 보이차를 마신다는 이 야기를 했는데 꼭 그러한 느낌이었습니다.

그리고 평소에 딸이 직장 일을 하면서 커피를 너무 많이 마셨는데 커피를 많이 줄였습니다. 물론 이런 것은 당연히 차를 오랫동안 마셔온 분들은 기본적으로 아는 것 일 수 있지만, 보이차는 저에게 매우 고마운 친구 같은 존재가 되었고, 어려웠던 자가격리의 시간을 지탱하는 데 도움이 됐습니다. 지금도 스트레스를 받고 잡념이 많을 때면 보이차가 큰 힘이 되어 줍니다.

앞으로 제 주변의 가족들이나 친구들에게 보이차를 소개도 하고 선물도 하면서 열심히 마시고 싶습니다. 저는 특히 기력이 부족한 분들에게 추천하고 싶고, 식이요법이나 체중관리를 하는 사람들에게도 요요 없이 장기간 유지하고 싶다면 시도해보라고 권하려고 합니다.

좋은 보이차를 구별하는 방법은 상당히 어렵습니다. 왜냐면 많이 마시고 많이 보고 많이 느끼고 많이 공부도 하고 많이 보이차 동호회에도 참가를 해야만 알 수 있기 때문입니다. 그럼에도 불구하고 여러분들을 위한 팁을 드리자면 다음과 같습니다.

첫째로 좋은 보이차는 좋은 엽저를 가집니다.

어린 생차들은 아직 숙성이 덜 돼서 잎의 모양을 갖추고 있지만 오래된 생차도 엽저를 보았을 때 잎의 형태를 잘 갖춘 쉽게 부스러지지 않는 잎의 모양을 가지고 있는 차가 좋은 차입니다. 좋은 잎을 가지고 만든 오래된 생차들은 오랜 시간 숙성이 되어서 잎의 형태가 쪼그라져 있지만 뜨거운 물을 붓고 시간이 지나면 원래대로 잎이 펼쳐집니다. 그래서 좋은 보이차들은 시간이 지나면서 펼쳐지는 엽저를 보면서 마시는 것입니다. 숙차들은 이미 악퇴기법을 통해 나왔기에 연령에 따라 큰 엽저의 차이는 없습니다.

두 번째로 좋은 보이차는 좋은 탕색을 가집니다.

생차가 오래되면 숙차같이 진해지고 또 숙차는 오래되면 탕색이 깔끔하게 바뀝니다. 보이차를 꾸준히 마시다 보면 탕색으로도 숙차와 생차를 구분할 수가 있습니다. 중국인들은 보이차의 탕색도 여러 가지 색이 있다고 합니다. 우리들의 보이차 동호회 모임 때에 보면 다양한 색의 차들을 볼 수가 있습니다. 버건디색이나 벽돌색이나 귤껍질색이나 대추색이나 진홍색 등등 다양한 색들이 나옵니다. 깨끗하고 투명한 탕색의 보이차가 좋은 보이차입니다.

셋째로 좋은 보이차는 향과 맛이 좋습니다.

습창에 오래 있어서 곰팡이가 끼었던 숙차들을 예전엔 질이 나쁜 상인들은 일반인들에게 판매했습니다. 이러한 보이차들은 대게 숙차입니다. 일단 숙차는 마시고 나서 목이 칼칼하거나 마르면 좀 이상한 것입니다. 원래는 마시기 전, 마시는 동안, 그리고 마시고 난 후에 좋은 향과 맛이 계속해서 나야 합니다.

마시고 나서 목이 칼칼하거나 목이 마른다면 비록 처음 우릴 때의 차의 색이나 향이 좋더라도 문제가 좀 있던 숙차라고 생각하시면 됩니다. 그래서 반드시 직접 마셔보고 또는 시음회라도 가서 직접 보거나 많이 마셔본 사람들의 의견을 믿고 따라야 합니다. 때문에 온라인에서 잘 알지도 못하는 보이차를 사는 것은 문제가 생길 수 있습니다.

반대로 고목, 야생차 등 포장지에 여러 가지 미사여구가 쓰여 있다고 좋은 보이차가 아닙니다. 예전의 보이차는 요즘 나오듯이 화려한 미사여구가 새겨진 포장지나 선물용 박스에 넣지 않았습니다. 따라서 그런 차들은 내부보다는 외부에 힘을 더 쓰는 보이차들이고 맛이나 향은 분명히 안 좋고 또는 바가지를 쓸 가능성이 있습니다.

넷째로 좋은 보이차는 가성비가 좋은 보이차입니다.

있을지도 의문인 1930년대 민국 시대(1912년 쑨원의 신해혁명부터 1949년 중국의 공산화까지를 민국 시대라 일컫습니다) 호급 보이차나 60~70년대의 인급차나 80~90년대의 번호차(맥호차) 같은 것들은 사실 남아 있더라도 홍콩의 경매에 나오거나 애호가들의 소장품으로 바뀐지 오래고, 한국의 보이찻집이나 일반인들의 손까지 들어올 수가 없습니다. 따라서 그러한 과거의 맛과 향기에 몰두하면서 바가지를 쓰지 말고, 차라리 10년 조금 넘은 생차들을 마셔보고 가성비가 좋은 보이차들을 사서 몇 년을 보관해서 마시는 것을 추천합니다.

다섯 번째로 좋은 보이차는 나의 입맛에 맞는 보이차입니다.

제가 회원으로 있는 와인 모임의 원장님이신 김준철 원장님은 이런 말씀을 자주 합니다. "아무리 비싸고 진귀하고 맛이 있다는 와인도 나의 입맛에 맞지 않으면 그건 좋은 와인이 아닙니다" 즉 100만 원짜리 와인이나 10만 원짜리 와인이나 설령 만 원짜리 와인이라도 내가 마셔보고 내 입에 맞는 와인이라면 그것이 본인에게 가장 좋은 와인이라는 것입니다. 보이차도 마찬가지입니다.

무기력한 여름날을
극복하는 방법

커피 중독을 끊고
몸의 리듬을 회복한 비결
김찬숙 40대 여성 춘천 주부

저는 여름을 많이 타서 한여름에는 무기력한 날들이 이어졌습니다. 그런데 저자의 보이차 동호회 모임을 참가한 후에 무더운 여름에도 보이차 생활을 하고 있습니다. 저는 커피광이었지만 지금은 끊었습니다. 수십 년간 아침마다 마셨는데 보이차 수업을 듣고 숙차 한 편을 얻어 들고 집에 가서는 첫날부터 딱 커피 생각이 없어지더라고요. 신기했습니다. 그 후 중국과 대만, 싱가포르 등 여러 보이차 공구에 참여하며 다양한 종류의 보이차를 접하고 맛보게 되어 꽤 만족스러웠습니다.

현재는 1년째 매일 2리터씩 마시려 노력 중입니다. 제가 커피를 끊은 것만으로도 저희 가족 모두 신기해하고 있습니다. 보이차가 약은 아니지만 혈당을 낮춰주고 고지혈증에 좋다고 합니다. 그리고 더위를 내리게 하고 습기를 없애는 작용도 하는 것으로 알고 있습니다. 페이스북의 보이차 동호회의 내용도 보이차에 관해 유익한 것이 많아 좋았습니다. 저도 도서관에서 보이차 책을 찾아봤는데, 딱 한 권 있었고 지루하고 어려운 내용이었으나, 저자의 책을 보면서 쉽게 입문하게 되었습니다.

중국본토, 대만, 홍콩, 싱가포르에서 공구한 보이차들의 모습

외국에서도
마시는 보이차

여름에 마셔도
좋은 보이차
윤상진 50대 남성 뉴욕 사업

미국에서 직장 생활을 하며 보이차를 접할 기회가 거의 없었는데, 동문 모임에서 저자를 만나 덕분에 보이차를 알게 되었고, 즐겨 마시기 시작했습니다. 특히 뉴욕, 뉴저지가 코로나로 인해 동시에 행정 명령으로 집에 머물게 되면서 이참에 다이어트를 하기로 했습니다. 제가 심한 과체중입니다. 30살 무렵 몸무게가 100kg를 넘는 과체중이 되었고, 그나마 줄여나간 게 50대에 90kg대를 오가는 체중이었습니다. 다이어트 시작할 때 몸무게는 98kg 현재는 78kg~79kg 사이입니다.

또 따뜻하게 마시는 습관을 들여보니 제 체질과도 잘 맞아서 몸의 순환에도 도움이 됩니다. 은근하게 땀이 나게 해주고 다른 차와 달리 많이 마셔도 속이 부대끼지 않아 종일 조금씩 마시기 좋았습니다. 그리고 물이나 다른 차들은 많이 마시면 몸이 붓거나 속이 쓰리거나 하는데 보이차는 많이 마신만큼 배출해 주고 속을 편하게 해줬습니다.

저는 다기에 놓고 마시는 게 아니라 커피 우리는 곳에 보이차를 넣고 약 2리터의 뜨거운 물로 우려낸 보이차를 전기 주전자에 넣어 두고, 오고 가며 갈증 날 때 물 대신에 마십니다. 전통적이고 격식을 갖춘 방법은 아니지만, 매일 수시로 대용량으로 마시고 있습니다.

  보이차를 물론 따뜻하게 해서 마시는데, 확실한 것은 더운 여름 찬 음료 대신에 따뜻한 보이차를 마시는 게 속이 편하고 소화가 잘 되는 느낌이었습니다.

윤상진 회원이 보이차를 우리고 마시는 방법

보이차로
건강을 회복

간 건강과 콜레스테롤
수치의 개선
김민 40대 남성 서울 사업

몇 년 전에 병원에서 간수치가 무척 높게 나와 주변에서 우려가 컸습니다. 큰 병이 되는 건 아닌가 걱정이 될 만큼 얼굴색이 어두웠습니다. 그래서 저는 친동생의 소개로 보이차 동호회에 나가서 꾸준히 마시기 시작하고, 이듬해에는 간수치가 거의 기적적으로 내려갔습니다. 그 당시 B형 간염 활성화 판정받은 수치는

SGPT 300 IU/L

간염 약 엔테카베르와 생차를 6개월 동안 마신 후에 다시 받은 검사 수치는

SGPT 20 IU/L (참고로 정상 0-40 IU/L입니다)

약을 복용했지만 보이차가 상당히 도움이 되었다고 생각합니다. 간암 근처 갔다가 정상으로 회복한 것이니까요. 또 저의 다른 친구는 고혈압과 콜레스테롤 수치로 고생을 하고 있

었는데, 저자가 보이차를 소개해 준 이후로 열심히 보이차를 마셨더니 얼마 후에 수치가 정상으로 돌아가 있어 깜짝 놀랐다고 했습니다. 그래서 지금도 또 앞으로도 계속 보이차를 마시면서 이 수치를 정상적으로 유지하려고 노력을 한다고 합니다. 다시 한번 저에게 건강을 누리게 해주신 저자에게 감사의 말씀을 드립니다.

보이차를 마신 날과
마시지 않은 날의 차이

몸의 순환과
속편함을 회복
김남희 40대 여성 서울 주부

저는 보이차를 마시기 시작한 지 얼마 안 됐지만 보이차 동호회에 참석하면서 보이차에 대해 생각을 새롭게 하게 되었습니다. 일단 보이차 특유의 향에 대한 거부감이 없어졌습니다. 전혀 모르고 마셨을 땐 향이 맞지 않아 아예 미뤄 뒀는데, 보이차에 관한 정보들을 조금씩 접하면서 한결 쉽게 음용이 가능했습니다. 또한 따뜻하게 마시는 습관이 들다 보니 제 체질과도 잘 맞아서 몸의 순환도 잘 되었습니다.

한여름에 찬 음료 마시고 배탈이 나기 일쑤인데 따뜻한 보이차 마시기 습관을 들이니 그런 일 없이 여름을 보내고 있습니다. 저자가 말씀하셨듯이 식어버린 보이차는 별로였습니다. 또 한 번에 많은 양을 우려내어 마시기도 하지만, 포트에 적은 양 넣어서 조금씩 천천히 뜨거운 물을 부어가며 마시고 있으면 마음의 여유와 안정을 찾는 시간도 갖게 됩니다. 저의 삶에 보이차가 들어온 것에 정말 감사합니다.

보이차도 계절을 타나요?

보이차 페이스북 동호회와 시음회에서 나온 내용 중에서
좋은 질문들을 발췌해서 이곳에 넣었습니다

Q 차생활에 대해 궁금한 것들이 많습니다. 오늘 35도가 넘는 무더운 날씨였어요. 요새 내내 너무 덥고 무기력한 날들이네요. 여름에 보이차 시음도 좀 달라져야 하는 건지요? 예를 들어 여름엔 숙차보다는 생차가 더 낫다 이런 얘기들을 들었습니다. 여름 차생활에 대해서도 알려주시면 감사하겠습니다.

A 네 그런데 별로 여름이라고 다른 것은 없습니다. 얼음 넣고 마시는 것 하지 말고 특별히 여름이라고 해야 하는 것은 없어요. 어떤 분은 생차가 몸을 식혀준다고 하는데, 100도의 팔팔 끓는 물로 우려낸 차를 마시는데 몸에서 차갑게 느껴질까요? 생차는 찬 기운이 있고 숙차는 더운 기운이 있다는 것은 사실 뇌피셜에 가깝습니다. 오래된 생차는 아주 부드럽고, 열과 기를 돌려줍니다. 하지만 그건 어린 생차도 그렇습니다. 단, 맛이 쓰고 향이 강할 수 있습니다.

Q 그럼 계절하고 상관없이 그때그때 당기는 차 골라 마시면 되나요? 대표님이 드시는 것 중에 가장 달콤하다고 생각되는 차는 뭘까요?

A 네 전혀 상관없습니다. 잘못된 지식과 경험이죠. 달콤한 보이차는 아무래도 오래된 숙차겠죠. 오래된 생차도 좋은데요, 달달한 느낌보단 부드럽죠. 사실은 쓴 것을 마시면 침이 나오면서 고삽미라고 하고 달게 느껴지는 것이죠. 오래된 생차는 쓴맛이 없습니다. 오히려 탕색이 진한 숙차 같고 부드럽습니다.

Q 그렇군요. 그럼 고삽미 있는 차가 달게 느껴지는 거라 보면 될까요? 저는 숙차가 달콤하게 느껴졌어요. 특히 센 생차를 마시고 숙차를 마시면 금방 차이를 느꼈습니다.

A 그건 어린 생차를 마시면 쓰니까 침이 나오고 달게 느껴지는 것이죠. 제가 늘 하는 말이 왜 그런 어리고 강한 맛의 생차를 마셔야 하느냐는 것이죠. 맛이 좋은 생차도 있고 부드러운 숙차도 있습니다. 그래서 어리고 센 생차를 마시고 숙차를 마시면 금방 차이를 느끼는 것입니다.

2

공부할수록
이익이 되는 보이차

말도 많고 탈도
많은 보이차의 가격

　보이차의 가격은 일반적으로 숙차는 저렴하고 생차는 비쌉니다. 물론 나이가 어린 숙차나 생차는 가격에서 별로 큰 차이가 안 납니다. 하지만 생차가 나이를 먹기 시작을 하면 가격은 엄청난 속도로 상승을 합니다. 일례로 제가 자주 공구하는 07년 생차와 08년 숙차의 가격이 현재는 비슷하나 향후에는 생차가 훨씬 더 빨리 비싸질 것이고 이미 가격이 올라왔습니다.

　또한 순료차나 특별한 고차수(高茶樹)나 야생의 차나무(이제는 야생이란 표현을 쓰면 안됩니다) 등에서 나온 또는 특별히 인기가 있는 지역의 생차는 어려도 가격이 비쌉니다.

　실례로 저는 어느 경매가 이루어진 가격이 나오는 잡지를 보았습니다. 2019년에 만든 어린 생차 8편이 13만 2천 홍콩달러에 거래가 되는 것을 봤습니다(한화로 약 1867만 원이었습니다. 1편당 약 233만 원 꼴입니다).

　또 다른 경매가가 나온 잡지에서는 97년에 만든 수남인 청병이 7편에 13만 홍콩달러(한화로 약 1838만 원, 1편에 262만 원 정도)로 거래가 되었습니다. 2019년에 만든 생차와 97

년에 만든 수남인 청병의 가격이 별로 차이가 없습니다. 나이가 어려도 오래된 생차보다 가격이 비쌀 수 있습니다. 특히 가격이 크게 오르고 있는 요즘에는 그렇습니다.

　그리고 차장의 주인이 오래전 구매를 해서 잘 보관을 했는지, 엽저의 상태가 어땠는지, 또 재고가 얼마나 있는가에 따라 가격은 바뀝니다.

　금이나 유가 같은 정식 거래소가 없는 보이차 시장이기에, 소비자가 영업점(차장, 찻집, 다원 등)과의 협의에 따라 가격이 형성이 됩니다(전문용어로 장외거래 혹은 점두거래(店頭去來)라고 합니다). 그래서 같은 연도에 만들었더라도 어느 지역에서 차를 땄느냐, 어느 차나무에서, 언제 수확을 했느냐에 따라 가격이 천차만별로 바뀝니다.

　어느 날 대만의 차장을 방문을 해서 이야기를 하는 중에 그들이 98년에서 99년도에 만든 3가지 생차를 보여주었습니다. 하나는 99년 이우정산(易武正山) 대엽 생차였고 맹해차창에서 만들었습니다. 가격이 그 당시 원화로는 약 800만 원이었습니다.

99년 이우정산(易武正山) 대엽

생차 98년도 중차패 번체자

98년 맹해차창의 홍대 타생차

　　다른 것은 98년도 중차패 번체자(中茶牌 繁体字) 철병으로 하관차창에서 만든 것이었습니다. 가격은 원화로 백만 원 정도였습니다. 벌써 8배나 차이나죠?

번체자는 대만에 수출용으로 만들었거나 주문제작을 했을 가능성이 높습니다. 왜냐면 중국은 간체자를 쓰기 때문입니다. 그리고 맹해가 아닌 하관차창에서 만들었고 중차패는 보통 어느 차창에서 만들었는지 모르기 때문에 가격이 저렴합니다만 이것은 하관차창에서 만들었다고 쓰여있기에 가격이 좀 더 비쌉니다.

마지막은 제가 직접 구입을 한 것인데요, 98년 맹해차창에서 만든 홍대(紅帶) 타생차(沱生茶)입니다. 보통 타차는 100~200g인데, 이것은 100g입니다. 가격은 당시 원화로 25만 원 정도였습니다. 즉 보통 한 편의 보이차의 무게인 357g으로 환산하면 90만 원 정도 하네요.

타차는 긴압이 세게 되어서 오랫동안 기다려야 숙성이 잘 되고, 20년 정도가 지나면 맛이 아주 훌륭해집니다. 단점은 긴압이 단단하게 되어서 부수기가 힘이 듭니다. 이것은 98년생인 저의 둘째가 대학을 졸업을 하고 취직을 하게 돼서 축하 선물로 산 것입니다.

그리고 아래 사진과 같은 다섯 가지의 250g짜리 숙전차(熟砖茶)를 또 보여주었습니다.

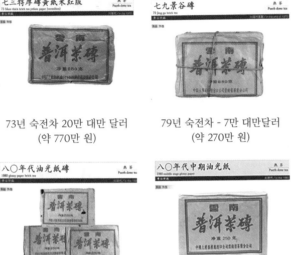

73년 숙전차 20만 대만 달러
(약 770만 원)

79년 숙전차 - 7만 대만달러
(약 270만 원)

80년대 숙차 - 2만2천 대만 달러
(약 85만원)

80년대 중반 숙차 2만 대만 달러
(약 77만원),
80년대 후반 숙차 1만 8천 달러
(약 70만원))

숙차는 생차보다 가격이 훨씬 덜 오르고 올라가는 폭도 크지 않습니다. 첫 번째로 보여준 숙차는 73년도에 만든 숙전차로, 이것은 20만 대만 달러(한화로 770만 원) 정도입니다. 두 번째는 79년에 만든 숙전차였는데, 그것은 7만 대만 달러(한화로 270만 원)였습니다. 그리고 80년대에 만든 숙전차도 세 종류를 보여주었습니다. 80년대에 만든 것은 2만 2천 대만 달러(한화로 85만 원), 그리고 80년대 중반에 만든 것은 2만 대만 달러(한화로 77만 원), 80년대 후반에 나온 것은 1만 8천 달러(약 70만 원)이었습니다. 그렇다면 80년대 후반의 생차라면 가격은 얼마나 할까요?

실제로 89년에 만든 88청병 2통이 112만 홍콩달러(한화로 약 1억 5천만 원, 1편에 약 1100만 원 정도입니다)에 거래가 되었습니다. 물론 이 숙전차들은 250g이고, 경매가 된 생차들은 357g이니까 숙전차도 357g로 환산하면 조금 더 비싸지겠지만, 그래도 숙차와 생차의 10배의 이상의 차이가 납니다.

어떻게 이러한 큰 가격차가 생길까요? 일단 희소성 + 만든 차창 + 원재료 + 원료의 출산지 + 소비자의 허영심 + 재고의 유무 정도로 생각을 할 수가 있습니다.

보이차의 포장지는 여러 번 바뀌어 왔습니다만 90년 후반의 생차들도 70~80년대 아니면 더 이전의 포장지를 쓰고 있습니다. 즉, 제조연도를 속이고 바가지를 씌우는 방법입니다.

하지만 그것들도 세월이 20년 이상 지나면 숙성이 잘 돼서 맛이 좋아지긴 합니다. 그러나 어린 보이차들을 포장지를 바꿔서 마치 오래된 생차인 것처럼 하는 것은 문제가 있습니다.

한국인들에게 반드시 마셔봐야 할 보이차로 각인이 되어버린 노반장의 보이차라면 다른 지역의 보이차보다는 당연히 비싸겠지만 노반장의 보이차가 그리 많이 생산이 안되기에 근처인 노만아 지역의 잎을 섞어 쓴다면 당연히 바가지를 쓰는 것입니다. 또는 노반장의 고차수(古茶樹)에서 나온 순료차라고 하고 엄청 비싸게 가격을 부르는 차들도 있습니다. 과연 그럴까요? 안타깝게도 이는 '지적 허영심'에 강하게 어필하는 가격들입니다. 그래도 여전히 이런 어리고 쓴맛의 보이차를 마시면서 "그래 이게 바로 보이차의 맛이야!"라고 정신 승리를 만끽하는 사람들이 있기 때문에 터무니없는 가격이 나오는 것이고 바가지를 쓰면서 마시는 것입니다.

그렇다면 어떻게 하면 바가지를 안 쓰고 좋은 보이차를 구매할 수가 있을까요?

참으로 어려운 일입니다. 특히 차를 직접 마셔보지도 않고 구입을 한다면요. 또한 보이차에 관한 설명과 정보가 입수가 안 되는 사람들은 더 어렵습니다. 단지 선물을 받은 보이차가 집에 많은데 좋은 것이라고 하니 집에 놔두지만 솔직히 선물을 주면서 "이 차는 싸구려 보이차야"라고 말하는 사람들은 없겠죠? 따라서 다들 좋다고 믿고 집에 있는 보이차가 뭔지도 모르고 그냥 집에 놔두고 있는, 그리고 보관도 제대로 못하는 사람들이 많습니다. 이러면 다른 보이차들의 맛과 향과 본인이 보관하고 있는 보이차와의 맛과 향을 비교를할 기회도 없어집니다. 다른 보이차들을 마셔봐야 자신이 선물로 받은 보이차가 어떤지 알 수도 있을 것입니다. 또한 차장이나 찻집 또는 다원 같은 곳은 어차피 장사를 하는 곳이기에 재고의 부담도 있고 임대료도 내기에 가격이 비쌉니다.그래서 일반적으로 홍콩은 다른 나라에 비해 집세가 높기에보이차 가격이 비싸고 대만은 상대적으로 저렴합니다. 또 홍콩은 소비자들의 소득 수준이나 소비 수준이 높기에 가격도비쌉니다.

제가 공구를 자주 하는 이유는 되도록 많은 분들이 바가지를 안 쓰고 다양하고 맛있는 보이차를 여러 국가에서 소싱을해서 드셔보게 하는 데 있습니다. 저 말고도 다른 보이차 동호회나 보이차 모임이 있으면 그런 모임에도 참석을 하시고,그들은 어떤 보이차를 마시는지도 알아가면 좋은 경험이 될것입니다.

결국 아는 만큼 보입니다. 그래서 약간은 공부를 하시길 추천합니다. 저의 첫 번째 책인 "커피보다 보이차" 말고도 다른 보이차에 관한 책들도 읽어보시고, 또 유튜브에서 동영상도 보시고 나서 보이차를 드시면 보이차에 관한 새로운 생각들을 하게될 것이며, 향후에 바가지를 쓸 경우가 많이 줄어들 것입니다.

어느 날 페이스북 보이차 동호회 회원분께서 보이차를 하루에 얼마나 마셔야 적당할지에 대해 질문을 했습니다. 저의 경우 보이차가 나에게 맞고 몸도 좋아진다는 것을 느끼려면 하루에 최소한 2리터는 마셔야 한다고 생각합니다. 보이차 8g 정도를 표일배나 자사호에 넣으면(물론 자사호는 조금 적게 나옵니다) 2리터 정도가 나옵니다. 보통 보이차가 한 편에 357g이니까 8g씩을 마시면 45번 정도 우릴 수가 있습니다(매일 마신다면 한 달하고 보름 정도 됩니다).

제가 보통 추천을 하는 방법은 5개에서 7개 정도의 보이차를 유리병이던 옹기던 상관없이 넣어서 매일 다양하게 마시는 것입니다. 이렇게 마시면 적어도 7개월에서 10개월 정도는 충분히 마십니다. 물론 토요일과 일요일엔 좀 더 기념이 될 만한 보이차를 드신다거나 어느 기념일엔 특정한 보이차를 드신다고 하면 조금 더 길어질 수도 있습니다. 또는 저처럼 비교적 많이 넣어서 4리터까지도 우리면 15g 이상 사용하니 좀 더 빨리 사라지겠죠.

이렇게 다양한 보이차들을 드시는 것을 제가 추천을 하는 이유는 일단 많이 마셔야 하고, 다양한 보이차들을 마셔봐야 그것들의 연령에 따른 맛과 향의 차이와 발전이 느껴지기 때문입니다.

온라인 쇼핑몰
정말 괜찮을까?

얼마 전 한국의 온라인 쇼핑몰에서 보이차들을 얼마에 파는가가 궁금해서 살펴보게 됐습니다. 어느 유튜버가 노만아 2018년 생차를 90만 원에 판매하고 있었습니다. 나름 차와 차도구를 좀 안다는 사람인데 노만아 2018년 생차를 90만 원에 판다니 저에게는 충격으로 다가왔습니다. 보이차의 원료가 녹차와 같다고 하는 댓글들도 있었고, 이래서 보이차를 입문하는 사람들이 보이차는 맛이 없고 비싸다고 하는 선입견을 가지게 되는구나라는 생각도 들었습니다.

또 온라인에서 어느 상사가 판매를 하는 보이차들을 봤습니다. 올해 만든 2020년 부처님 오신날 기념 생차 1편이 50만 원이라고 판매를 하고 있었습니다. 이건 불자들의 순수한 불심을 이용한 보이차 바가지라는 생각입니다. 그 외의 가격을 봐도 정말 너무했습니다. 이렇게 가격들이 너무 터무니없이 비쌉니다. 표일배를 끼워서 비싸게 판매하거나 만든 지가 얼마 안 된 생차나 숙차를 비싸게 팔고 있었습니다.

독자분들도 직접 맛을 보지 못하고 보관 상태도 확인을 못하는 온라인 쇼핑몰보다는 차라리 대익이나 지유명차 또는 작은 찻집 같은 곳에 직접 방문을 해서 그들과 이야기도 하고 차도 드셔보다가 본인의 입에 맞는 차가 나타나고 만약 가격이 저렴하면 구입을 하시고, 혹시 비싸다고 생각하면 저에게 사진과 정보를 보여주시면 제가 보고 의견을 드리겠습니다.

한국에서는 잘 모르는 일반 사람들이 어느 유명인이 마신다는 소리를 듣고 또는 다이어트에 좋다는 얘기를 듣고 관심을 가지게 되고, 또 이들을 대상으로 차상인들은 바가지를 씌우는 경우가 많이 있습니다. 거기에 자신이 마시는 보이차를 자랑하고 싶은 일부 사람들의 공허한 지적 허영심이 맞물려서 노반장의 순료 생차 그것도 오래된 것을 마셔줘야 보이차를 마신다고 생각하고 있기에 바가지를 쓰는 것입니다.

지역명이 중요할까,
보관 및 유통이 중요할까?

보이차는 유명한 지역에서 만들었다는 이유로 바가지를 씌우는 경우가 많습니다. 예를 들어 온라인에 야생이란 이름이 들어간 보이차를 검색했더니 많은 상품들이 있었습니다. 2019년 이우(易武)에서 만든 생차를 50g에 42,000원에 팔고 있었고, 이것을 357g 한편으로 계산하면 약 30만 원 정도 나옵니다. 그런데 앞에서 이미 언급한 경매가 되었던 2019년 생차는 가격이 한편 당 233만 원 정도였으니 이것만 해도 7배 이상 차이가 납니다.

또 다른 상품으로는 외표에는 고산차라는 글은 있어도 야생차란 글은 없는데도 빙도의 야생차라고 쓰고는 2015년짜리 생차를 12만 원이라는 터무니없는 낮은 가격으로 보여주는 상인도 있었습니다. 정말 5년이 지났고 빙도의 야생차라면 이 가격에 나올 수 없는 것이죠. 같은 노반장이라도 엽저에 따라 가격이 천차만별입니다.

위에 언급된 이우(易武) 빙도(冰島) 그리고 노반장(老班章) 지역은 모두 한국에서 보이차를 마신다고 하는 사람들은 반드시 마셔봐야 하는 보이차의 대표 산지로 인식이 되어 가격이 심하게 부풀려져 있는 곳이기도 합니다. 이우는 예로부터 황실에 공급하는 보이차의 산지이기에 황제의 차로 유명하고, 빙도는 최근에 아주 빠르게 유명세를 치른 곳이고, 노반장은 채엽량이 적어서 가격이 높은 곳입니다. 물론 바가지의 원인이기도 합니다.

  그리고 사실 이 세 곳은 상당히 넓은 지역을 의미합니다. 운남성은 남한의 약 4배 정도의 크기이며 20개가 넘는 현과 수백 개의 향진(鄕鎭) 그리고 수천 개의 촌위원회가 있다고 합니다.

남한의 지도와 운남성의 지도 크기 비교 사진 (출처: 구글)

운남성이라고 하면 작은 시골마을을 생각하는 분들도 있는데 운남성은 394,000제곱 km이며 남한의 총면적은 100,210제곱 km입니다. 참고로 인구 2150만 명이 살고 있는 수도 베이징시의 면적은 우리나라 강원도와 비슷합니다. 그리고 수도 베이징보다 인구가 많은 상하이는 2630만이 살고 있고, 면적은 서울시의 10배가 넘습니다.

유명한 차창이라면
맛있는 차가 나오는 것일까?

전형적인 바가지의
종합선물세트의 예

원래 민국시대에는 상당히 유명했던 차창들이 있었습니다. 청나라 말기인 1911년부터 중화인민공화국이 들어선 1949년까지 생산된 보이차의 이름에는 끝에 '호'(號)가 들어가 있습니다. 그래서 당시 차들을 호급차(號級茶)라 부릅니다. 이것들은 개인 차장이며 복원창호(福元昌號), 동경호(同慶號), 송빙호(宋聘號), 차순호(車順號), 동흥호(同興號), 홍창호(鴻昌號), 경창호(敬昌號) 등이 유명합니다. 중국의 공산화 전에는 국영차창이 존재하지 않았기 때문에 각각의 차장의 이름을 따서 명명했습니다. 공산당이 호급차장들을 핍박하면서 대만이나 홍콩으로 보이차를 옮겨가게 되었고 중국에는 거의 남아있지 않게 되었습니다. 그래서 예전의 송빙호와 지금의 송빙호는 이름만 같게 되었습니다. 대만의 유명한 교수에 의하면 송빙호 특품은 이미 만나기 어렵고 구하는 것은 불가능하다고 했습니다. 그리고 가격을 매기기도 어렵다고 했습니다.

80-90년대에 만든 송빙호는 30-40년대 민국시대의 송빙호와는 이름만 같은 것이지 민국시대에 만든 게 전혀 아닙니다. 따라서 가격이 부풀려져 있는 경우가 많습니다. 한국에서도 민국시대의 송빙호나 동흥호라고 하면 억대를 넘어가는 보이차라고 많이들 이야기합니다만 제가 생각하기엔 거의 존재하지 않는다고 생각합니다.

온라인에서 90년 중기의 생차라고 하면서 150만 원에 판매하는 차상을 발견했습니다. 그냥 90년대 중기에 만든 생차라면 가격은 적당하거나 오히려 저렴한 것입니다. 하지만 이것은 송빙호가 적혀진 외표를 하고 있었습니다. 90년대 송빙호는 예전 민국시대의 송빙호와는 이름만 같습니다. 이 보이차는 송빙호라는 이름을 쓰지 않아도 이미 오래되어서 맛이 있을 것입니다. 하지만 송빙호를 이용하면서 가격을 부풀리거나 순진한 사람들을 속여 파는 상술이라고 생각했습니다.

얼마 전 중국에 다녀온 사람이 가져왔던 숙차를 본적이 있습니다. 이 차는 1736년이라는 동경호의 로고를 외피에 집어넣었고(동경호의 외피는 원래 붉은색입니다) 오른쪽에는 대한민국 임시정부 수립백주년기념이라고 쓰여 있는 소위 국뽕에 호소하는 보이차였습니다. 상해임시정부 100주년을 기념하는 보이차를 동경호가 왜 만들었을까요? 보이차를 살펴보니 올해 만든 숙차였고 마셔보니 나름 마실만은 했습니다. 왜냐면 보이숙차는 올해 만들었어도 마실 수는 있습니다. 하지만 과연 올해 만든 숙차를 얼마에 샀을까요?

중국에 다녀온 사람이 다녀왔던 보이차

　민국시대 동경호는 모조품이 많이 나돌게 되어서 1920년 8월
에 용마상표(龍馬商標)에서 쌍사기도(雙獅旗圖)라는 상표로 바
꾸었으며, 그만큼 모조품이 많은 차였고 정말 용마상표를 붙인
동경호차를 동경호원차라고 했는데, 그것은 시중에서는 볼 수
가 없고 일부 소장가들만 가지고 있는 진귀한 차입니다.

　문화혁명 시기가 끝나고 한참 후에 다른 성에 있는 사람이
동경호의 상표 이름을 구매하여 "동경호 유한공사"라고 이름
을 붙이고 보이차를 판매하기 시작했습니다. 그래서 진짜 동
경호 차창 주인의 후손들은 여전히 보이차를 만들고 있지만
동경호라는 이름을 쓰지는 못하고 있습니다. 그래서 옛날의
동경호와 지금의 동경호는 이름만 같다고 할 수 있는 것이죠.

보이차를 보관하고 마시는 것도 공부를 하지 않으면 결국은 자기가 아는 것만큼만 누리게 됩니다. 보이차에 대해 어떠한 정보를 얼마나 정확히 알고 있는지 이 질문에 대한 대답이 바로 당신이 앞으로 어떤 보이차를 선택할지를 결정합니다.

어느 날 후배가 선물로 받았다며 아래와 같은 보이차를 가져왔습니다. 이 보이차는 외표가 전부 파란색으로 인쇄가 된 보이차였습니다. 흔히 사람들이 남인(藍印)은 남색이나 파란색 계열일 것이라고 생각을 하기 쉽지만, 처음부터 외표(포장지)가 남색으로 칠해진 보이차는 없었습니다. 대만에서 이 계열의 차가 수입되기 시작되었을 때 대부분이 갑, 을급의 차였는데 그 포장에 갑, 을급의 분별 도장이 남색으로 찍혔기 때문에 대만 사람들이 남인이라고 부르게 되었다고 합니다. 초기에 녹인(綠印)은 홍인(红印)의 자매품으로 맹해차창에서 40-50년대에 만들었고, 이 당시 만들어진 차들을 녹인원차(綠印圓茶) 또는 남인원차(藍印圓茶)라고 했습니다. 인쇄를 출하하는 순서대로 홍인, 녹인, 황인 순으로 했기 때문에 당시 열악한 인쇄기술의 차이로 한 곳에서 녹색 붉은색 노란색 등을 찍다가 실수로 남색이 나올 수도 있었습니다. 그것도 외표에 찍혀있는 차(茶) 글씨의 색을 말하는 것이지 외표 전부가 아닙니다. 즉 홍인이 외표가 전부 빨간색이 아니고 황인이 외표가 전부 노란색이 아니듯이 아무리 남인이라 해도 저렇게 모두 파랗지는 않습니다. 남인이나 수남인은 희귀하거나 갑과 을급의 좋은 차들이기에 가격이 비싸고 인기도 있었습니다만 흔하지 않다는 점을 이용해서 바가지를 씌우는 것입니다. 이것은 조금만 공부를 하거나 찻집에 가서 사장과 이야기를 하거나 보이차 동호회에 가서 물어봐도 바로 알 수 있는 사실입니다.

아직도 인터넷에 남인이라고 검색하면 흔하게 나오는
남인의 모습과 50년대에 만든 수남인의 모습

교목과 관목의
차이는 무엇일까?

보이차의 교목(喬木)은 수령도 오래되고 키도 큰 야생의 보이차 나무를 말합니다. 가끔 보이차를 소개하는 사진과 영상 등에서 나무 위에 사람들이 올라가서 잎을 따는 사진을 보셨을 것입니다.

출처: 중국 cctv

반대로 관목(灌木)은 차나무를 가지치기를 해서 낮게 자라게 하고 잎을 따기 쉽게 만든 차나무입니다. 우리나라 보성의 차나무를 생각하시면 됩니다. 대지차(台地茶) 혹은 기지차(基地茶)라고도 합니다.

출처: 중국 cctv

1982년도부터 관목의 재배를 시작했다고 하는데, 현재 운남성의 보이차 산지에 가면 상당히 많은 부분이 대지차 내지는 관목의 형태로 되어서 거기서 나온 잎들이 대익차창 같은 대형 차창에 출하가 됩니다. 오늘날 전체 보이차 생산량 중에 수령이 100년이 넘는 차나무인 고차수(古茶树)에서 생산되는 비중은 약 1-2퍼센트가 되지 않을 정도로 비중은 낮습니다. 물론 야생의 고차수에서 나온 잎으로 만든 보아차가 품질도 좋고 맛도 좋지만 가격은 매우 비쌉니다. 그리고 수령 50-100년 된 생태차(生態茶)를 노수차(老樹茶)라고 하며 이것도 맛이 좋지만 가격이 비쌉니다. 물론 바가지도 많고요. 하지만 관목이라고 다 맛이 없는 것은 아니고 연구를 상당히 많이 하고 있습니다. 예전엔 아무리 대엽종이라도 고수차와 대지차의 성분은 다를 거라고 편견을 가지고 봤지만, 그렇다면 2000년대 이후에 만든 보이차들은 맛이 없어야 합니다.

물론 야생의 고차수나 노수차 보다야 맛은 없지만 이것은 상대적으로 저렴 한 보급형 보이차라고 보시면 됩니다. 마치 와인으로 말하면 낮은 등급의 와인인 vin de table에 비유할 수 있습니다.

이젠 관목차도 거의 40년이 되어서 나이도 들었지만 정말로 오래된 보이차들은 100년 이상의 고차수의 잎으로 만들기에 아직도 차이가 나는 것은 사실입니다. 따라서 비싸게 팔기 위해 외표에 고차수(古茶树) 노수차(老树茶) 야생차(野生茶) 생태차(生態茶) 같은 단어를 많이 쓰고 있습니다. 2006년부터는 운남성 정부가 야생차(야생에서 자라는 교목)의 채엽을 금지 시켜서 2006년 이후엔 야생차라고 인쇄가 된 보이차는 있을 수가 없습니다. 하지만 운남성은 소수민족이 많아서 그들의 저항도 있고 몰래 하는 경우도 없다고는 못하겠습니다. 혹시 2006년 이후에 만들어진 야생차고 오래되었고 이러쿵저러쿵하는 보이차의 가격이 그것도 생차가 아주 싸거나 또는 아주 말도 못 하게 비싸면 바가지를 쓰는 것입니다.

알면 알수록
보이는 허위 광고

어느 날 보이차를 인터넷에서 검색을 하던 중에 "분말 보이차 가루"를 팔고 광고하는 사람들을 발견했습니다. 보이차의 잎을 어떻게 분말로 만들었는데 바닥에 침전물이 없이 깨끗이 녹는다고 설명을 할 수 있는지, 또 찬물에도 잘 녹는다고 하는지 광고에서는 얼음까지 띄웠습니다. 물론 일본의 녹차는 분말로 만들어서 쉽게 뿌려서 먹기도 하고, 타서 마시기도 하지만 침전물은 남습니다. 그런데 어떻게 침전물이 없이 깨끗하게 녹는다고 할 수 있는지 의문입니다. 보이차 잎이 분해가 돼서 물에 녹아들어 갈까요? 아무리 가늘게 분쇄를 해도 줄기와 잎인데요? 아직도 보이차의 대중화나 일반화가 되려면 갈 길이 멀구나라고 느꼈습니다.

중국에 있는 저의 단골 차창의 사장은 과대포장된 비싼 보이차에 대한 이야기를 하면서 동흥호 동창호 송빙호 같은 아주 오래된 보이차에 대해서 들어서 아는 사람들은 많지만, 실제로 본 사람들은 거의 없다고 이야기했습니다. 268년의 청나라 기간 동안 황제들에게 진상이 된 보이차가 남아 있을 리가 없고, 또 그 후로도 오랜 시간 동안에 남겨져 있을 수가 없다는 것입니다. 현재 복원창호(福元昌號) 한편의 가격이 상당히 비싸게 형성이 되고 있다고 합니다(한화로 약 5억 5천만 원). 쉽게 계산을 해보면 5g에 5만 위안화로, 약 7백만 원 정도 하는 것이죠. 이 사람 역시 정확한 출처가 없고 믿지 못하겠다면 절대 사면 안 된다고 강조했습니다.

7-8년 전 즈음 어떤 지인이 중국에서 산 3개의 억조풍호라는 이름의 보이차를 가져와서 이것이 진짜인지 가짜인지 봐달라며 보여준 적이 있습니다. 본인의 말에 의하면 민국시대 3년에 만든 것으로 양의 위통에 들어있는 보이차였고, 상당히 오래돼서 비쌀 것이라며 애지중지하는 모습이었습니다. 이러한 보이차는 외부에서 오는 잡미, 잡향 등을 원천적으로 차단하기 위해 소가죽 혹은 돼지 창자 또는 양의 위통 안에 보관을 하였다고 했습니다.

그래서 저도 처음 보는 것이라 인터넷 검색해보니 "억조풍호"라는 상호를 가진 차점은 중국 안휘성에 존재했지만, 억조풍호라는 이름을 가진 보이차는 존재하지 않았습니다. 그리고 일본의 경매 사이트에 보면 억조풍호는 경매가 1천 엔부터 시작되었고, 중국 사이트에서는 330위안부터 시작되고 있었습니다. 그 말을 듣고 지인이 큰 실망을 하며 그중 하나의 보이차를 오픈했습니다. 우리가 그 자리에서 마셔봤는데 숙차였습니다. 즉 숙차를 아주 오래된 골동차처럼 속인 것이었습니다. 왜냐면 숙차는 1973년에 처음 세상에 선을 보였고, 민국 3년에는 있을 수가 없었기 때문입니다.

돈만 많이 있다고 좋은 보이차는 살 순 없습니다. 직접 마시고 공부하고 몸으로 느껴야만 좋은 보이차를 마실 수 있습니다. 금융이나 음악이나 보이차나 아는 만큼 보인다는 말은 똑같이 해당되는 것이죠.

이건 제가 보이차 동호회 모임 시에 참석자들에게 당부하는 보이차 바가지를 예방하는 저의 팁입니다.

1. 운남성의 동경호는 매우 오래된 차창으로 현재의 동경호와 옛날의 동경호는 연관 관계가 없고 그때의 방식으로 나오지도 않습니다. 다른 유명 차장들도 마찬가지입니다. 중일전쟁(1937년) 이전 시기까지도 이우의 주요 차창은 동경호(同慶號) 외에 동흥호(同興號), 송빙호(宋聘號), 복원창호(福元昌號), 동창호(同昌號), 홍창호(鴻昌號), 차순호(車順號) 경창호(敬昌號) 등 많은 차창이 있었는데, 이들과 현재의 이름이 같은 차창들은 관련성이 거의 없습니다.

2. 상해나 북경은 원래 전통적으로 마시던 차가 있었고 당연히 보이차는 덜 마셨거나 안 마셨는데, 시간이 지나갈수록 관광객들이 많아지고 보이차가 유명해지고 또 개인의 소득이 높아지면서 보이차 차장 또는 찻집들이 많이 생겼습니다. 얼마 전에 상해에 출장을 갔는데 보이찻집들의 광고가 많았습니다. 이런 관광객용으로 판매하는 보이차는 솔직히 바가지이기 때문에 사면 안 됩니다.

3. 올해 나온 숙차는 마실 수는 있지만 엄청나게 쌉니다. 그래서 비싸게 부르면 바가지입니다.

4. 생차보다 숙차는 당연히 부드럽고 마시기 편해서 초보자들은 저렴한 숙차부터 마시길 권합니다.

5. 앞에 설명했던 임정 100주년 어쩌고를 쓰고 태극문양을 그려 넣고 한국 관광객용으로 판매가 되었던 숙차를 기억하십시오. 앞서 언급했듯이 중국의 관광지에서 보이차를 무턱대고 사면 바가지라는 것을 알려 주는 좋은 예입니다. 따라서 여러분들은 중국에 여행 가서 잘 모르는 사람은 선물용이든 자기가 마실 용도이든 구매를 하면 바가지를 쓸 가능성이 높습니다. 아니면 그곳을 소개한 가이드의 지갑만 채우게 하는 결과를 초래합니다.

여러분들은 중화권에 여행을 가서 보이차는 사지 마시길 바라며, 정말로 자기가 보이차에 대해서 공부도 하고 많이 마셔봤고 중국어도 어느 정도 할 수 있을 때, 그때 구매하시길 권하며 자신 없으면 공구할 때 또는 지유명차나 대익이나 개인 찻집에 가서 마셔보고 구입하시길 권합니다.

상식적인 보이차의
구매 방법은?

　보이차에 대해 관심이 생겨서 또 몸에 좋다고 해서 꾸준히
마시기 위해 구입처를 알아봤지만, 보이차는 가짜는 없지만
바가지가 많다는 이야기를 들어서 쉽사리 구매를 하지 못하
는 분들이 적지 않습니다. 이곳저곳 소개를 받았지만, 가성비
가 좋은 보이차를 구하기 위해 싱가포르에서 살고 있는 저에
게까지 조언을 구하기도 합니다. 특히 제가 페이스북의 보이
차 동호회 사람들과 모임을 할 때 많은 분들이 보이차의 가
격이 왜 계속 오르는지에 관한 질문들을 많이 합니다. 이런
말이 있습니다.

　"가장 싼 보이차는 당신이 지금 산 보이차다"

　이만큼 좋은 보이차들의 가격은 해마다 상승을 합니다.

　앞에서 설명을 했던 80-90년대 생차들의 가격을 생각해
보십시오. 보이차의 가격에는 아래와 같은 다양한 요소가 작
용을 합니다.

연수

보관장소 및 방법

차의 종류(생차 또는 숙차)

수요와 공급

허영심

희귀성

연수 또는 연령은 너무나 이해하기 쉽습니다. 오래된 나무나 오래된 잎이나 또는 만든 지가 오래될수록 가격은 비싸지고 더욱더 가파르게 상승합니다. 보이차 동호회의 한 분은 보이차 가격이 조금씩 오르기 때문에 좀 미리미리 저축하듯 구입을 해놓자는 생각으로 자기 입에 맞는 보이차들을 모으고 있기도 합니다.

보관장소도 또한 이해가 가는 요소입니다. 홍콩이나 광동 같은 기후조건이 좋은 지역의 보관창고에서 보관하고 숙성을 시킨 것이 집에서 보관하거나 기후조건이 안 좋은 지역에서 숙성을 시킨 것들보다 비쌉니다.

보관의 방법도 습창에서 보관을 한 것인지 건창에서 오랫동안 보관을 한 것인지에 따라 가격이 달라집니다. 집에서도 옹기나 대나무통에 보관을 하는 것이 아파트의 베란다라던가 부엌이라던가 이런 곳에 보관하는 것들보다는 맛과 향이 좋습니다.

차의 종류도 쉽게 이해가 갑니다. 숙차보다야 생차가 비싸며 병차가 전차나 타차 보다는 비싸고 압제차(壓製茶)가 산차(散茶)보다는 가격이 비쌉니다. 수요와 공급도 중요한 요소인데 과거엔 중국인들이라고 다 보이차를 마시지 않았습니다. 하지만 지금은 상해든 북경이든 대도시에 가면 여기저기 보이차를 파는 곳이 많습니다. 보이차는 운남성 아래쪽 시솽반나(西双版納) 지역에서 나오는 대엽종의 찻잎을 가지고 만듭니다. 즉, 공급은 한정이 되어있는데 수요는 해마다 엄청나게 늘고 있습니다. 중국 개개인의 소득이 늘면서 몸에 좋은 보이차를 더욱더 마시고 싶어 합니다. 그리고 한국 대만 일본 싱가포르 같은 나라와 그 밖에 많은 나라에서도 보이차를 마시고 있습니다. 따라서 해마다 비싸집니다. 그리고 실례로 최근 몇 년은 봄에 따는 보이차의 가격이 너무 높아서 1, 2년 된 생차도 가격이 상당히 비쌉니다. 아주 극단적인 예로 2019년 경매가 되었던 생차 1편 당 200만 원이 넘었던 것을 기억하십시오.

허영심은 주로 보이차를 잘 모르거나 처음 접하는 사람들이 기존에 오랫동안 마셨다는 사람들에게 "어느 보이차를 마셔야 좋다"라고 하는 말을 듣고 맛도 없고 쓴 어린 생차를 사서 마시는 경우입니다. 그러면서 자기들 집에는 어느 지역의 잎으로 만든 비싼 생차가 있다고 자랑을 합니다.

희귀성도 오래된 보이차들은 정말로 가격들이 비싸집니다. 품질이 좋고 맛이 좋은 보이차들의 가격은 상당히 빨리 오르고 또 시장에서 사라집니다. 몇 년 전에 나왔던 좋은 보이차를 지금 다시 사려면 그것을 샀던 소장가에게 많은 프리미엄을 주고 사야 합니다. 그래서 "있을 때 잘해"라는 표현을 제가 자주 하게 됩니다.

또한 저는 페이스북 동호회나 네이버 카페 회원들을 위해서 보이차나 다구(茶具) 및 다른 종류의 발효차의 공구를 자주 하고 있습니다. 그때마다 "공구에 임하는 팁"에 대해서도 많은 문의가 옵니다. 그것에 대해서 간단히 설명을 하자면 아래와 같습니다.

먼저 공구를 할 때 본인의 주머니 사정과 구매를 하고자 하는 보이차의 연수와 희소성 그리고 맛을 보면서 해야 합니다. 저는 제가 직접 샘플을 마셔보고 정하거나 직접 차장에 가서 마셔보고 공구의 결정을 합니다. 물론 차엽의 상태나 보관 상태도 같이 봅니다. 따라서 제가 공구하는 보이차들은 상태가 양호한 보이차들입니다. 또한 본인이 보관에 자신이 있으면 다량 구매를 해서 보관을 하면서 세월의 흐름에 따른 보이차 맛의 변화를 느끼는 것도 좋습니다. 대만에 있는 저의 단골 차장에는 14년 된 생차가 있는데, 이 생차는 보관을 잘하면 몇 년 후엔 상당히 훌륭한 맛으로 바뀌어 있을 것입니다. 보관에 자신이 있는 분들에겐 이런 생차를 몇 편이 아닌 통단위(7편)로 구매하시길 추천합니다. 그리고 실제로 그렇게 하고들 계십니다.

중국의 90년대 숙차들은 이미 오래되어서 남아 있는 보이차들이 거의 없습니다. 즉, 수량이 한정이 되어서 향후엔 드시고 싶어도 못 드시는 경우가 생기는 것이죠. 이럴 땐 과감히 구입을 하는 것을 추천을 드립니다.

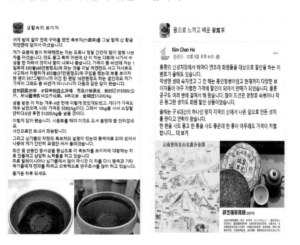

페이스북의 "몸으로 느끼고 배운 보이차" 동호회에서
공구를 알리는 글들

따라서 저는 늘 말씀을 드리지만 세 편 이상을 사서 한 편은 바로 마시고 두 편은 보관을 하다가 첫 번째가 좋으면 두 번째도 시간이 어느 정도 지나서 마시고, 세 번째는 한참 후에 마시는 것을 추천합니다. 아니면 통으로 사서 보관을 하는 것도 좋습니다.

그리고 보이차들을 만들 당시의 상황도 염두에 두셔야 합니다. 2000년대 초반에 많은 차창들이 너도나도 대익을 붙이고 난립을 하는 과도기라서 대익패도 이때 만든 숙차는 그래도 마실만 하나, 생차는 저급 생차들이 많아서 제가 별로 권하지 않는다고 보이차 동호회 모임 때 여러 번 말씀을 드립니다.

보관을 하는 나라에 따라서 공구를 하는 것도 좋습니다. 홍콩은 보관은 좋은데 가격이 비싸고 대만은 가격은 좋은데 좋은 보이차들이 별로 없고, 중국은 가격과 보관은 좋은데 신뢰가 가는 차창을 구하기가 어렵습니다. 물론 아주 훌륭한 분들도 많지만 한국은 비교적 가격도 비싸고 파는 사람들도 잘 모르고 보관도 사실은 제대로 못하는 경우가 종종 있습니다. 물론 여행지에 가서 보이차를 사는 것도 지양하고, 직접 맛을 보고 눈으로 잎의 상태를 확인을 할 수가 없는 온라인 쇼핑에서의 구매도 자제하는 것이 좋습니다. 자기의 주머니 사정에 맞게 선호하는 차를 골라서(생차인지 숙차인지) 또한 수령도 함께 고려해서 공구에 참가하시면 됩니다.

3

당신이 알고 있던
보이차는 잊어라

3부와 4부는 기존 페이스북의 보이차 동호회에서 나왔던 이야기와 활용하는 방법 등 전혀 새로운 방식과 아이디어들을 소개하고 있습니다.

물론 사진들도 취합해서 정리를 했습니다.

먼저 의식주 위주로 소개를 하겠습니다.

보이차물로 염색한
한복과 쿠션커버

손성희 50대 여성 서울 카페 운영

보이차 동호회 모임 후 남은 차엽들이 아까워서 보이차 세 차물과 충분히 우려낸 찻잎을 한솥 가득 모아서 모시와 옥사(명주실)를 손염색을 했습니다. 특별한 모임이 있을 때 저만의 색다른 복장이 될 수 있을 것 같아서 염색을 한 천으로 옷도 만들어 보았습니다.

특별한 날에 입을 한복을 만들어봤는데 한복은 곱게 염색이 되어야 합니다. 그래서 저는 연하게 보이차를 염색해서 골드 계열로 시도해봤습니다. 한복 중에서도 당의(唐衣 조선시대 여자들의 예복)를 만들어 입혀놨더니 골드빛이 돌면서 참 예뻤습니다. 저는 결혼식장에서도 활용했고, 제 것도 하나 만들어 놨습니다. 그리고 같은 방법으로 이불이나 커튼도 할 수 있고, 저처럼 오래된 쿠션 커버를 벗겨 내서 새로운 느낌을 낼 수도 있습니다.

완성된 천과 한복들

보이차로
염색한 한지

정미애 60대 여성 싱가포르 민화작가

저는 민화를 그릴 때 한지를 염색해서 씁니다. 맑고 차분한 톤을 염색을 할 때 한국에선 오리나무 열매를 사용했는데, 외국에 살다 보니 구하기 어려웠습니다. 느낌이 비슷한 톤을 찾다가 보이차를 진하게 우려 내보니 맘에 쏙 드는 톤이 나와 10년 가까이 활용을 하고 있습니다.

보이차를 우린 물로 염색을 한 한지 위에 그린 민화

보이차와
음식의 조화

전재욱 50대 남성 서울 사업

저는 원래 와인과 음식에 깊은 취미가 있습니다. 보이차는 와인과 매우 비슷합니다. 산지의 떼르와와 빈티지를 어김없이 반영한다는 점에서 그렇습니다. 마시면 마실수록 향의 미묘한 차이를 점점 더 알게 되어 가는 과정이 흥미진진합니다. 또한 보이차를 음식에 도입해보기도 합니다. 예를 들어 흔히 녹차나 호지차를 써서 만드는 오차즈케에 보이차를 대신 사용하기도 합니다. 보이차에는 대지의 깊고 농밀한 맛이 깃들어있어서 오차즈케의 건더기로 맛이 진한 재료, 예컨대 참치 같은 것 짙은 맛의 생선도 사용해볼 수 있습니다. 최근에는 보이차를 우린 물에 삶은 돼지고기를 보이찻잎으로 훈연해보기도 했습니다. 깔끔하고 풍미 깊은 결과가 나왔습니다. 앞으로도 보이차를 이용한 여러 가지 레시피를 만들어볼 생각입니다.

보이차를 이용한 오차즈케와 보이차를 우린 물에
삶은 돼지고기를 보이찻잎으로 훈연한 요리

보이차로 가전에서
풍기는 악취를 제거

이준영 30대 남성 서울 사업

　저는 보이차를 부엌에서 냉장고나 전자레인지에 냄새가 많이 날 경우 탈취제로 씁니다.

　흰 잔에 올려두면 색깔이 밸 수가 있기 때문에 양파를 담는 망에 넣고 접시에 올려 넣거나 또는 플라스틱 통에도 넣습니다. 물론 전자레인지에는 음식을 돌릴 때는 빼고 안 쓸 때는 넣어둡니다.

　또한 저는 족욕을 좋아해서 많이 걸은 날에는 족욕으로 하루의 피로를 풀고 하루를 마무리하곤 합니다. 사람들은 플라

스틱 대야에 소금도 뿌리고 장미도 뿌리곤 하는데, 저는 이미 많이 우려서 색이 진하지 않은 보이차를 망에 담거나 티백에 들어있는 이미 마신 보이차를 색이 연해지면 대야에 담급니다. 티백의 하급 보이차이지만 저렴하고 맘 편하게 사용할 수 있겠죠. 주의할 점은 너무 진한 색의 보이차를 활용하면 욕조나 대야에 자국이 남을 수 있다는 것입니다. 그래서 저는 어느 정도 마신 보이차를 활용합니다. 또한 저는 화초를 많이 키우는데, 봄이 되면 기존에 모았던 보이차 잎을 퇴비용으로 썩혀서 늦가을에 퇴비로 뿌리고 있습니다.

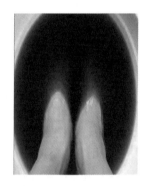

이 논란의 시작은 중국의 과기대를 졸업하고 미국 미시건 주립대에 유학하여 생물화학 박사학위를 받았던 유명 과학 저술가 팡쳐쯔(方舟子)가 2017년 보이차의 발효와 제작 과정에서 발암물질이 나온다고 했던 주장이 발단이 되었습니다. 복건성 출신인 그는 어려서부터 차를 즐겨 마셔왔고, 이 사람이 자란 복건성은 우롱차를 주로 마시지 보이차는 거의 마시지 않습니다. 그는 줄곧 차를 마셔왔지만 단 한종의 차는 마시지 않았고 그것이 바로 보이차입니다. 이유는 곰팡이 냄새 때문이라고 이야기했습니다. 악퇴기법을 거친 숙차 특유의 향을 싫어하는 것 같습니다. 발암물질을 유발한다는 근거는 무엇인지 살펴봤습니다. 그는 두 가지의 자료를 제시했습니다. 하나는 2010년 중국 광저우시 질병통제센터 연구원의 조사 보고서입니다. 당시 광저우 도매시장에서 습창으로 보관하던 창고에 있던 70여 편의 보이차 샘플을 검사한 보고서입니다. 그 샘플에서 모두 발암성 곰팡이 독소인 푸모니신과 보미토신이 검출되었다는 보고서였습니다.

두 번째 자료는 2012년 남창대학(南昌大學)의 석사 한 명이 위의 광저우시에서 발표한 자료를 다시 연구한 자료입니다. 이 두 가지 자료를 근거로 보이차는 강한 발암물질인 황곡매류 독소를 함유했다는 결론을 내렸고, 중국 농업과학원의 천종마오(陈宗懋)연구원과 토론을 벌였습니다. 이 논쟁이 인터넷을 타고 번졌습니다. 당연히 운남 보이차 협회는 팡줘쯔를 고소했고 많은 사람들이 이 논쟁에 나섰습니다.

보이차가 암을 유발한다는 기사에 대한 여러 사람들의 반론도 있습니다. 황제나 황후들이 마셔온 차가 암이나 다른 질병을 유발한다는 말이 나온 건 잘못된 보이차를 바가지를 쓰고 사서 마시다 보니 나온 것 같다고 말을 하는 중국의 차 상인도 있었습니다.

차이나 컨슈머 리포트 등 중국 언론들에 따르면 중국 내 소비자들의 구매가 많은 보이차 브랜드 8종(2013년산 보이차부터 2017년산 보이차까지 각기 다른 연도에 생산한 보이차)을 운남성 위생위원회가 보이차 샘플을 대상으로 팡줘쯔가 나왔다고 주장한 발암물질로 불리는 황곡매독소B1을 검사했으나 검출이 되지 않았다고 합니다. 또한 유명한 윈난(雲南) 농업대학의 저우홍지에(周紅杰) 교수 연구팀이 실험한 결과에서 보이차 발효과정의 초반에는 황곡매는 번식하지만 발효가 진행되는 후기에 이르면 황곡매의 성장은 억제가 되고, 발효가 끝나는 시점에서는 황곡매 독성은 생성되지 않았다고 했습니다. 그 당시 팡줘쯔의 주장으로 중국내 보이차 시장은 큰 타격을 받아 판매량이 40%가량 급감했으나 보이차

의 안전성에 대한 조사 결과들이 나오면서 보이차 유해 논란
은 점차 잦아들고 있습니다.

 제가 늘 얘기하듯이 보이차는 만병통치약(중국에서는 만
영단(萬靈丹)이라고도 합니다)이 아니고 기호음료입니다. 그
렇기 때문에 너무 심각하게 받아들일 필요는 없다고 봅니다.
다만 너무 값싸거나 종이 포장에 물이 묻어 있거나 젖었었다
는 증거, 또는 곰팡이 냄새가 나거나 향이 좋지 않은 보이차
는 구매를 피하는 것이 좋습니다. 그렇기 때문에 눈으로 직
접 확인이 안되는 온라인 보이차 또는 홈쇼핑에서 나오는 보
이차는 피하는 것이 좋습니다. 온라인과 홈쇼핑에도 판매하
기 전에 확인을 제대로 하기를 바랍니다.

선물로도 활용되는
보이차와 도구들

당신의 기념일을 특별하게
만들어 줄 자사호

저의 보이차 동호회 분들은 생일 또는 입학, 졸업 등을 맞는 분들이나 결혼하시는 분들에게 선물로 보이차나 보이차 도구를 주는 것을 많이 하십니다. 하지만 어떤 보이차를 선물할지 모르기 때문에 제가 첫 번째 책에 썼듯이 기념일 이 있는 해에 만든 보이차를 사서 선물로 주는 것을 추천합니다. 또한 제가 요즘에 하는 방법은 자사호에 원앙의 모습이 그려져 있는 것을 구매해서 결혼 선물로 드리는 것입니다. 원앙이 새겨져 있기 때문에 그 의미가 있고 오랫동안 부부끼리 마실 수 있기 때문에 가정에 건강과 화목을 선물을 하는 것입니다.

그래서 꼭 보이차뿐만 아니라 자사호나 자도호 같은 다기류를 선물의 대상으로 넣는 것도 좋다고 생각합니다. 수반(水盤)도 마찬가지입니다. 수반 같은 차도구도 매우 좋은 선물입니다.

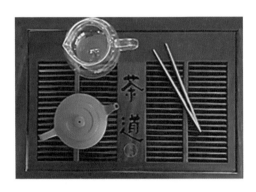

집과 사무실에서 간편하게 마시는 법

Q 기초적인 질문이지만 저는 집이나 사무실에서 보이차를 우리는데, 보이차를 다 우린 후에는 어떤 용기에 넣어서 보관하고 마셔야 할까요?

A 저는 보통 자사호든 표일배든 우려진 보이차를 1리터가 들어가는 보온병에 담습니다(1번). 그리곤 유리로 된 머그잔(거의 900ml가 들어가며 레인지에 넣어도 됩니다)에 넣고 마십니다(2번). 이 방법의 장점은 탕색을 보면서 마시기에 눈으로 보는 즐거움이 있답니다만 단점은 곧 차가워진다는 것입니다. 저는 보이차를 물처럼 마시니까 저렇게 해서 이용을 합니다만 아무래도 향과 맛은 좀 떨어집니다.

저만의 특별한 방법은 머그잔을 이용하는 것입니다(3번). 이것은 흡착판을 이용해 무심결에 치이더라도 넘어지지 않지만 위로 들어 올리면 쉽게 들어 올려집니다. 또한 장시간 보온이 됩니다. 추운 겨울에 좋고, 쉽게 식지 않기에 맛과 향이 유지가 됩니다. 단점은 탕색이 보이지 않는다는 점입니다. 그러나 최근에는 안이 보이는 제품도 나오고 있습니다.

Q 보이차를 처음에 구입을 하고 어떻게 우려야 할까요?

A 일반적으로 보이차를 우리는 방법에는 크게 세 가지가 있습니다. 자사호 또는 표일배 또는 휴대용 거름망을 사용하는 것입니다. 자사호로 마시면 평소보다 향이 깊게 배어있고 목넘김도 좋아지고 마시고 난 후에 목이나 입안에 향이 오래 남아 있어서 좋습니다. 실제로 자사호를 처음 써봤는데 표일배에 우릴 때와 비교해서 맛이 더 증폭이 되었다는 평이 많습니다. 탕색은 진해지는데 맛은 부드럽고 향도 좋아진다고 하는 분들이 계십니다. 정서적으로 만족을 원할 때는 자사호를 이용해서 우려 마시는 것도 좋습니다.

저는 바쁠 때는 표일배로 우려서 많이 마시고, 외부에 나갈 때도 보온병에 담아서 나갑니다. 표일배는 되도록 용량이 큰 1리터 이상, 유리로 만든 표일배를 구입해서 우리는 것이 좋습니다. 저의 경우 보이차 온라인 시음회에 활용하기 위해 1 리터짜리 표일배 2개를 새로 구입을 했습니다. 한 개는 생차용, 한 개는 숙차용입니다. 1리터가 들어가는 표일배는 상대적으로 작은 표일배 보다 빨리 많이 우려지고 엽저가 잘 펴져서 작은 표일배보단 보는 재미도 있습니다.

  그리고 여행용 거름망은 제가 해외여행이나 출장을 갔을 때 호텔에서 사용합니다. 먼저 세차를 하고 주전자의 물이 펄펄 끓은 후에 10분에서 20분 정도 담가 놓습니다. 얼마나 오랫동안 담가 놓는지는 개인에 취향이며 물의 양에 따라 달라지며 생차나 숙차에 따라 달라지고 오래 담가도 상관은 없습니다. 삼투압 작용에 의해 더 이상 진해지지는 않기 때문입니다.

호텔방에서 주전자에 물을 넣고 거름망으로
우린 모습과 다양한 종류의 여행용 거름망

Q 자사호 가격이 어떤 것들은 꽤나 비싸서 중고로 구입하
는 건 어떤지 궁금합니다.

A 저는 자사호는 자신이 새것을 사서 양호부터 해서 매일
마시고 보관한 게 좋다고 생각합니다. 나의 손길과 정성이
담긴 자사호에 보이차를 우리는 것이 맛이 더 좋겠죠.

4

지나간 과거를 마시지
말고 현재와 미래를 마시자

보이차는 과거가
아닌 미래를 바라봐야

일반적으로 전통차를 마실 때는 전통과 과거의 관습이 중요하다고 생각할 수 있지만 보이차는 이미 문화혁명 당시 많은 자료와 인재들이 사라졌고 남아 있는 오래된 보이차들도 거의 없는 현재와 미래가 더 중요한 음료입니다.

따라서 사람들의 기호가 바뀌고 경제적인 상황이 나아지면서 중국에서도 보이차를 많이 마시고 관심도 커지면서 보이차에 대한 연구도 많이 진행이 되고 있습니다. 그래서 지금까지 존재해 왔지만 이전에는 관심을 덜 받았던 차들까지도 사람들이 마시고 있습니다. 또는 새로운 방식으로 만든 보이차들이 사람들에게 소개되고 있는 것입니다. 예를 들어 순료차나 화학비료를 쓰지 않는 생태차 같은 것들입니다. 보통 순료차는 2006년경부터 만들기 시작한 것으로 알려져 있습니다. 순료(純料)는 위스키로 말하면 싱글몰트 위스키며 보이차에서 흔히 볼 수 있는 병배차(拼配茶)는 블렌디드 위스키로 비유할 수 있습니다. 순료도 어느 지역에서 땄는지 또 언제 땄는지 즉, 아침에 땄는지 오후에 땄는지 또는 봄에 땄는지 가을에 땄는지에 따라서 맛이나 향이 달라진다고 할 수

있습니다. 순료차는 기존의 병배차들에 비해서는 그 차나무
들에서 나오는 독특한 향과 깔끔한 맛이 특징입니다. 대신
가격은 다소 비쌉니다.

 기존 한국의 보이차를 마셔오던 분들은 병배차를 위주로
드셔왔기 때문에 비교적 새롭고 비싸고 흔하지 않은 순료차
에 대해 정보가 부족한 것이 사실입니다. 저 역시 10년이 된
순료생차를 보관하고 있지만 가격은 일반 병배차에 비해서
는 비싼 편입니다. 하지만 보이차 시장은 여전히 병배차들이
메인이고 순료차들은 빠르게 마니아층을 필두로 세력을 넓
혀가는 중입니다.

1kg짜리 장향이 나는 순료숙차를 버건디색상이 나는 순료숙전차를
부수기 전의 모습   보여주는 싱가포르 차장의 사장

집에서 찌엔짠에 마시는 순료숙전차의 탕색

또한 생태차(生態茶)는 자연의 숲에 흩어져 있는 형태로 자라는 차나무입니다. 농약이나 화학비료를 쓰지 않고 재배하는 차나무로서 수령이 30~40년 이상이 된 차나무에서 나옵니다. 유기농으로 보이차 밭의 주변에 다른 농작물들을 심어 자연식으로 병충해를 막다 보니 수확철에 상품성 있는 보이찻잎이 많지 않아서 값은 비싼 편입니다.

온라인에서 생태차를 쳐보면 엄청나게 심한 과장 광고가 넘칩니다. 황제가 마셨던 생태 보이차라며 화려한 미사여구를 붙여서 판매하는 곳들도 많습니다만 보이차는 포장이 아닌 실제 품질을 봐야 바가지를 피할 수 있으니 꼭 드셔보시고 구입하시길 추천합니다.

저자가 회원으로 있는 홍콩의 차장에서 판매를 하는 생태숙차의 모습

최근 들어 각광을 받는
여러 가지 차도구들의 소개

찌엔짠 建盞

예로부터 보이차를 담아서 마시는 잔의 일종으로 찌엔짠이라는 것이 있습니다. 그 찌엔짠, 즉 건잔(建盞)의 '건'자는 중국 복건성의 '건(建)'을 뜻한다고 알려져 있습니다.

당나라 때는 명전(茗前), 송나라 때는 투차(鬪茶)라고 하는 그해 만들어진 최고급차를 결정하는 일종의 품평회가 있었는데, 그때 가장 많이 사용했던 잔이 찌엔짠이었다고 합니다. 그리고 송나라 때는 차를 마시는 풍습이 널리 퍼져서 매우 유명한 가문들과 귀족들이 찌엔짠을 이용하게 되었고 또한 일본과 고려, 동남아 등지로 수출되었는데, 특히 일본에서 가장 많이 사랑을 받았습니다. 일본에서는 하늘의 눈이라고 하는 "텐모크(천목 天目)이라고 부르며, 일본의 국보로 추앙받는 세 잔의 요변천목잔(曜變天目盞)은 건요(建窯)에서 만들었습니다. 건요란 중국의 유명한 고대 가마 중 하나로 복건성에 위치하고 있습니다.

남송시대에 만들어진 일본의 국보 요변천목차완 세 개 중의 하나

찌엔짠은 철분이 많은 유약을 사용해 검은 바탕색을 띱니다. 광물들이 녹아내려 색이 변하면서 광택이 무척 아름다워 마시는 맛뿐만 아니라 보는 맛이 아주 훌륭합니다. 아래 사진에서처럼 잔의 안쪽은 흑색 바탕 위에 빛의 방향에 따라 노랑 초록 파랑의 여러가지 색을 띠는 점들이 모여 있고 보는 각도에 따라 다르게 보이기도 합니다.

많은 저의 단골 차장 주인들의 말에 의하면 찌엔짠을 만들 때는 1,300도 이상의 고온에서 잔을 구우면서 만든다고 합니다. 열처리를 통해 몸에 안 좋은 성분이 산화 분해되는 반면, 유약은 고온의 열기를 받게 되면 유리질에 가까워져 표면에 코팅이 되면서 뜨거운 불에 강해집니다. 그래서 100도 짜리 물을 부어도 강하게 버틸 수 있게 되는 것입니다.

제대로 제작된 찌엔짠은 사람들이 오랫동안 보이차를 부어서 마셔왔고, 정부에서도 관리하고 있기 때문에 몸에 해롭지 않다고 합니다. 또 요즘에는 많은 찌엔짠 업체들이 전문적인 기관에서 납과 카드뮴의 용출 검증을 거친다고 합니다. 찌엔짠의 제조 때 정교하고 아름다운 유약의 방울들을 널리 퍼트리는데, 이것은 광석과 초목들도 포함이 된 공인된 천연재료입니다. 찌엔짠의 표면의 광물과 유약들로 인해 그 찌엔짠에 담겨진 보이차 역시 알칼리수(경수 硬水)로 변화하기도 합니다.

얼마 전 싱가포르의 차장에서 황금색으로 나온 찌엔짠을 한 개 샀습니다. 보기보다 무겁고 단단하고 무엇보다 색이 너무나도 훌륭했습니다. 이 전에 구매했던 찌엔짠들보다는 조금 비쌌지만 눈과 입으로 그 이상 크게 만족했습니다. 저의 경우 찌엔짠(建盞)에 숙차를 넣어서 마시고 있습니다. 싱가포르 차장의 말에 의하면 찌엔짠의 재료인 천연 광물들이 보이숙차와 어우러져 맛이 좋아진다고 합니다. 여러 번 사용을 하면 색이 더 예뻐지기도 한답니다. 생차는 맛이 증폭이 되지 않지만 숙차는 상당히 향이나 맛이 좋아진다고 합니다. 또 이 찻잔은 홍주(와인)나 소주 등을 따라 마셔도 좋다고 합니다.

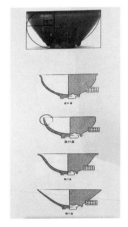 

찌엔짠의 형태는 4가지 정도가 있습니다. 위 사진의 찌엔짠 단면을
보면 내부와 외부의 열기가 왔다 갔다 한 불길의 흔적이 보입니다.

자사호(紫沙壺)와 자도호(紫陶壺)

강소성(江苏省)의 의흥시(宜興市)에서 만든 자사호와 함
께 운남성의 건수현(健水縣)에서 흙으로 만드는 자도호도 나
오고 있습니다. 건수자도호(建水紫陶壺)는 5색토(적, 황, 청,
갈, 백)의 원료로 숙성시킨 찰흙으로 형태를 만드는 것이 특
징입니다. 또한 건수자도호는 발효차를 우리는데 가장 좋은
재질의 도자기로, 조약돌로 물광을 내고 천연원료로 유약 없
이 고온에서 구워 만듭니다. 이렇게 유약이 없고 공기구멍
이 있어서 보이차를 우리기에 적합하다는 면에서는 자사호
와 비슷하지만 돌마찰로 천연광택을 내기 때문에 더 고풍스

럽고 우아합니다. 건수자도호는 물의 온도를 5-10도 가량 더 올려주고, 차가 더 잘 우려지게 해주기 때문에 차의 맛을 더욱 좋게 해준다고 합니다.

　저의 생각에는 차도구를 고르는데 어느 것이 맞고 틀리다고 할 수는 없을 것 같습니다. 자사호는 청나라 때부터 만들어졌다고 알려져 있는데, 청나라 후기에서 민국시대까지가 자사호의 번성기였습니다. 1954년부터 중국 정부에서 유명한 도공들을 모아서 많은 자사를 만드는 기술인들을 양성했고 80년대 이후에는 자사호가 더욱 다양해졌습니다.

　다만 주의할 점은 낮은 품질의 자사호는 유해 염료를 사용했거나 품질이 안 좋은 유약을 썼다면 양호 후에 이것들이 물에 빠져나와 물의 색이 변하는 것도 있습니다. 터무니없이 싼 가격의 자사호에서 종종 일어납니다. 특히 중국에서 사온 너무 저렴한 자사호의 경우 끓이면 염색약이 우러나올 수도 있습니다. 광물이나 자사에 포함된 물질들도 팔팔 끓이면 녹아 나오기에 자사호의 양호는 점검해야 할 사항입니다. 자사호의 양호 및 고르는 법에 관한 내용은 저의 첫 번째 책에 자세히 나와 있으니 참고하시길 바랍니다.

여러 가지 모습의 자사호

화려한 문양의 자도호

간단한 자도호와 자사호의 비교

	자사호	자도호
만든지역	강소성 의흥시 (江苏省 宜興市)	운남성 건수현 (雲南省 健水縣)
굽는온도	1100~1200도	1100~1250도
유약	사용 안 함	사용 안 함
건조 수축률	8%	8%
원료	의흥의 자사 원석	운남성 건수현의 오색산의 오색토 적황청갈백
광택	표면이 반들반들 함	유약을 사용하지 않고 숫돌로 물광 을 냄

올바른 보이차의 보관법

저는 현재 보이차를 서울, 홍콩 그리고 싱가포르 등 세 지역에 나눠서 보관을 하고 있습니다. 저는 보이차를 공구를 할 때는 주로 통으로 사서 보관을 하면서 기념일이나 새로운 입문자들에게 선물로 주거나 또는 공구에 참가하지 못한 분들에게 따로 샘플로 전달해 드리고 있습니다. 이것들은 주로 서울에 놔둡니다. 물론 기후나 습도 때문에 한국은 좋은 보관장소는 아닙니다. 그래서 한국의 많은 보이차 애호가들은 부산이나 대관령에 보이차를 많이 보관을 합니다. 왜냐면 온도의 차이가 크지 않고 습도가 높기 때문이지요.

홍콩은 중국이나 홍콩에서 구매한 보이차들을 주로 보관합니다. 물론 중국의 차장에도 보관을 부탁합니다. 여기는 보이차 보관에 좋은 온도와 습도를 가졌기에 좀 더 비싸고 가치가 있는 것들을 보관합니다. 싱가포르는 제가 살고 있기에 보관의 용도보단 마시고 즐기는 용도로 쓰고 있습니다. 누가 저의 집에 놀러 오거나 손님을 저의 집에 초대했을 때 보이차 시음회용으로 보관을 하고, 매일 마시는 보이차도 함께 보관을 합니다. 그래서 저는 집에서는 햇볕이 안 들고 냄새가 없는 서늘한 곳을 활용하고 있습니다.

얼마 전 공개한 저희 회원분의 사진에서는 햇빛이 잘 들지 않는 북향 방에 숙차와 생차를 따로 항아리 옹기에 넣어서 보관을 하고 있었습니다. 보이차를 드시는 많은 분들은 서재 또는 보이차 보관장에 넣거나 옹기나 종이봉투나 죽통(竹筒)에서 보관을 하고 있습니다. 직사광선을 피하고 공기가 어느 정도 통할 수 있으면 됩니다. 반대로 냄새가 너무 강하게 나는 곳, 화장품 냄새가 많이 나는 곳, 또는 옷장같이 밀폐된 곳 등은 피하는 것이 좋습니다. 하지만 가장 좋은 장소는 구입한 보이차 매장에 맡겨놓는 것입니다.

보이차 동호회 회원들의 보관 방법

가성비 좋은 보이차를
고르고 보관하는 방법

얼마 전에 제가 온라인으로 시음회를 할 때 참석자 중
한 분이 이러한 질문을 했습니다.

Q 어떤 가격대의 보이차가 적당할까요?

A 한 편에 20만 원 중반에서 30만 원까지 하는 보이차들은
사람들에 따라서 부담이 가는 가격일 수도 있습니다. 그러
나 이러한 보이차들도 접해봐야 향후 내가 원하는 맛을 정확
히 알게 됩니다. 이러한 보이차들은 매일 마시는 것이 아니
라 특별한 날이나 손님이 방문을 한 경우 마시기 때문에 오
래 마신다면 그렇게 부담이 되는 가격은 아니라고 봅니다.

생차도 오래된 생차를 드시면 물론 맛도 좋고 몸에도 좋지
만 가격들은 너무나 비쌉니다(대만 차장에서 보여주었던 생
차 가격을 생각해 보시죠). 저도 70년대의 생차를 가지고 있
지만 이것은 아주 오래전 선물로 받은 것이고, 제가 직접 구
입한 80년대 후반의 생차들은 홍콩이나 한국에서는 가격이
상당히 나갑니다. 하지만 저는 15년 전부터 90년대 생차들이
가격이 그리 비싸지 않을 때부터 사서 보관을 하고 있습니

다. 그렇게 사서 보관을 하는 차들을 저는 유리병에 넣어서 마시고 있습니다. 병에는 이름을 써 붙여 놓습니다. 보관하는 상자나 박스에도 언제 어디서 만든 무슨 차를 어디에서 누굴 통해서 얼마에 구입을 했고 처음 마실 때에 향은 어땠는지를 적어 놓습니다. 나중에 마실 때 큰 도움이 되기 때문입니다.

결국 자신에게 편리하고 실용적인 다양한 보관의 방법이 있으니 너무 어렵게 생각하지 말고 자신의 경제 상황에 맞는 보이차를 구매해서 자신의 환경에 맞게 간편하게 보관할 수 있는 방법을 찾는 것이 중요합니다.

보이차의 보관과 기록의 예

보이차와
친구들

변방차 邊方茶

변방차란 흔히들 말하는 가짜 보이차를 이야기합니다(중국의 입장에서는 가짜 보이차이지만, 저의 입장에서는 고마운 보이차의 사촌입니다). 즉 중국 정부가 인정하지 않는 보이차들이죠.

보통 변경 보이차(변방차)는 운남성과 연결이 되어있는 동남아 국가에서 대엽종 차로 만들고 있습니다. 변방차의 대표적인 예가 바로 홍태창호(鴻泰昌號)입니다.

오늘날 시중에 많이 유통되고 있는 홍태창 보이차는 중국 운남성 홍창호(鴻昌號)가 1930년대 해외 판매망의 거점의 하나로 태국 방콕에 설치한 지점에서 만든 제품입니다. 중국의 본점 홍창호와 차별을 두기 위해 태국의 태자를 홍창호 상호의 중간 글자에 넣어서 홍태창호라 지었습니다.

태국 홍태창호의 사업이 번창하게 되자 본점인 홍창호는 운남성에서 차 생산을 점점 줄이고 태국의 홍태창호의 중개 판매 운영을 더욱 치중했습니다. 후에 시장 확보의 일환으로 홍콩 및 동남아에 회사를 설립하였고, 홍태창호의 판매 시장은 홍콩과 마카오 및 동남아시아 지역에 널리 퍼졌으며 이곳의 화교들이 주요 소비대상으로 되었습니다. 따라서 홍태창호는 찻잎은 좋으나 대신 변방 보이차(2008년 중국 정부는 보이차를 운남성 일부 지역에서 나는 대엽종만으로 한정을 했습니다. 그래서 운남성에서 이어지는 국경의 지역들, 즉 베트남, 미얀마, 태국 등지에서 나는 잎은 불과 수십 킬로의 거리 때문에 보이차로 인정받지 못하는 상황이 발생하게 되었습니다. 즉 변방 보이차가 된 것입니다)이기 때문에 가격은 상대적으로 저렴하고 맛은 좋습니다.

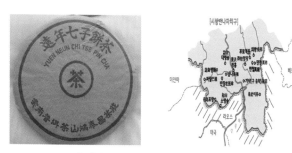

홍태창 숙병의 모습과 변방차의 산지

복간차 復刊茶

흔히 보이차에서는 이미 마셔서 없어진 보이차들의 병배방식을 그대로 가져와서 복원하는 것을 "복간"이라고 합니다. 즉 옛날 방식을 그대로 재연하는 것입니다. 유명한 기타리스트가 사용했던 기타의 상태와 기타줄과 픽업, 녹슨 자리까지

다시 완전히 똑같이 만드는 것을 복각이라고 하는데 그것과
같습니다. 예전에 보이차를 만들던 곳과 그 지역의 차나무와
채엽의 시기 등 당시의 만드는 과정을 그대로 따라 해서 만
든 것입니다. 기록이 남아 있는 보이차들은 비교적 쉽게 복
간차를 만들 수 있습니다. 그러나 아시다시피 오래된 보이차
는 기록이 거의 없기 때문에 남아 있는 것이 많지 않습니다.
더구나 복간차는 그 당시의 조건과 완전히 동일하게 만드는
것이 어렵기 때문에 흔하지는 않지만 가끔 오래전 방법과 비
슷하게 만든 복간된 보이차는 맛이 좋습니다.

  현재 홍콩에서 50년대에 보이차 숙차의 악퇴기법을 개발
했던 한 분이 살아계시는데, 그때 만든 숙차를 그대로 복원
해서 제가 회원으로 있는 차장에서 팔고 있습니다. 그때와
맛은 좀 다를 수 있지만 그것도 복간이라고 할 수 있습니다.

50년대 광동에서 노도준이 악퇴
기법을 이용해 만든 차와 같은
방식으로 만든 숙차

한국의 유명한 차창에서 판매했
던 대녹인 기념 복간철병

노차두 老茶頭

　노차두는 '오래된 차의 덩어리'라는 뜻을 가지고 있습니다. 숙차를 만드는 악퇴과정에서 '팩틴'이라는 단맛을 내는 즙 성분이 나와 단단하게 굳어지게 되는데, 그것이 오랫동안 발효가 되어 구수한 맛과 향이 나는 차 덩어리가 만들어 집니다.

　저도 얼마 전 적당한 크기의 노차두 세 개를 표일배에 넣고 우렸더니 3리터 정도가 우려졌습니다. 이 노차두는 1995년에 만든 것이라 이미 상당히 오랜 시간이 지나서 일반 산차나 압축차보다 더 긴 시간을 이용해서 우렸습니다. 내포성이 상당히 좋고 향이 사람들마다 다르게 느끼겠지만 저는 좋아하는 향이고 맛도 좋고 탕색도 좋았습니다.

　우연히 인터넷을 검색해보니 병차로 압축을 한 노차두도 있었고 또 고급스럽게 포장을 한 노차두도 있었습니다. 원래 노차두는 악퇴과정에서 나오는 부산물이었기 때문에 상품성이 없었습니다. 실제로 버리기도 했고 보이차를 만드는 사람들이 마시기도 했습니다. 이것을 고급 상품인 것처럼 포장해서 비싸게 파는 것은 주의를 할 필요가 있습니다.

중국의 단골 차장의 주인 형제들이 직접 마시려고
보관하고 있었던 노차두도 공구를 했습니다

육보차 六堡茶

중국에는 보이차 이외에도 여러 종류의 흑차(黑茶 후발효
차라고도 하며 수개월 또는 수년 동안 미생물 발효를 거친
차의 일종)가 있는데, 그중에서 운남성의 보이차도 유명하지
만 광서성의 육보차도 유명합니다. 광서성의 육보마을이 원
산지로 보이숙차와 탕색은 비슷합니다. 맛은 깔끔하고 진하
며, 시원한 상쾌함이 남습니다. 엽저는 숙차와 비슷한 홍갈색
입니다. 보통 육보차는 긴압을 하지 않은 산차의 형태가 많
습니다. 최근에는 보이차처럼 병차와 전차도 만듭니다.

광서성의 사람들은 예로부터 육보차를 즐겨 마셨고, 동남아 등의 지역에서 광범위하게 판매되었고, 그 지역 화교들과 외국인들에게 인기가 많았습니다. 그리고 예전에 광서성의 사람들이 말레이시아 광산으로 많이들 일하러 갈 때 물 대신 마시는 목적으로 가져간 차입니다. 그래서 동남아에서 많이 마십니다. 그리고 그때는 가격도 저렴했는데 세월이 지나면서 보이차가 인기를 끌면서 동남아에서 맛도 비슷한 육보차도 함께 인기를 끌게 되었고, 최근엔 동남아에서 과거의 광서성 출신 사람들이 가지고 온 육보차가 몇 십 년만에 새롭게 발견이 되기도 하고, 또 가격도 오릅니다. 그리고 현재 새로운 육보차를 만들기도 하고 해외에서 마케팅도 합니다. 육보차는 악퇴기법을 이용하여 숙차와 비슷한 공정을 거쳐서 나오기에 숙차와 비슷한 향과 맛도 납니다. 흔히들 숙차의 선조 또는 숙차의 스승이라고도 합니다. 왜냐면 광동의 사람들이 50년대부터 이미 이 육보차의 제조 방식인 악퇴기법을 이용한 보이숙차를 연구를 했으니까요. 보이차의 원재료는 운남성의 대엽차종이고 육보차의 원재료는 광서성의 차나무입니다. 즉 악퇴기법을 이용해서 만드는 방식은 같지만 원재료는 다른 것입니다.

육보차는 맛과 효능이 좋은 대신에 바가지가 상당히 많습니다. 원래 육보차는 가격이 저렴해야 하는데 최근의 보이차가 인기가 많아지고 가격이 오르면서 맛이 비슷한 육보차를 보이숙차로 속이거나 저급한 육보차를 비싸게 파는 경우가 잦습니다.

때문에 광서성에서는 제대로 된 육보차를 알리기 위해 여러 행사를 진행하고 있습니다. 최고의 육보차를 찾는 콘테스트를 진행하기도 하고 다양한 이벤트가 열리고 있습니다(저도 2016년에 생산이 돼서 그해 육보차 콘테스트에서 입상을 한 육보차를 마시고 있습니다만 열감도 좋고 맛과 향도 아주 좋습니다.)

우리기 전의 육보차의 엽저   우린 후의 육보차의 엽저

예전에는 싸구려라는 인식이 있었지만, 운남성의 보이차와 대항해서 광서성 자신만의 브랜드차의 세계화를 하려고 합니다. 교수와 연구원들이 학술회를 통해 당뇨, 다이어트 효과 및 건강에 관련된 효과를 검증하려 하고 있습니다. 이러한 마케팅의 영향으로 육보차의 수요는 점차 증가하고 있고, 향후에는 좋은 품질의 육보차 보급도 늘어날 것으로 생각됩니다.

육보차 산업 발전을 위한 토론회
출처: 광서 오주시 천예차업유한공사

방해각 螃蟹脚

방해각은 생긴 모양이 게의 발처럼 보이기 때문에 게발차라고도 불립니다. 오래된 야생 교목 고차수(古茶樹)에 기생하는 다년생 식물로, 이 방해각이 있다는 것은 차나무는 그만큼 수령이 오래되었고, 차나무가 자라는 환경이 깨끗하다는 것을 뜻합니다. 중국의 저의 단골 차장에 의하면 방해각은 간, 당뇨, 동맥경화(고혈압) 등 성인병 예방에 매우 이롭다고 합니다. 특히 운남성 시솽반나 지역의 대엽종의 야생 고차수에서 기생한 방해각이 좋다고 합니다. 그렇기 때문에 건강식품을 빙자한 바가지도 많다고 합니다. 한국에서는 경매산(景邁山)에서 나오는 방해각이 좋다고 하는데, 그것의 정확한 출처가 어디인지, 또 과학적으로 근거가 무엇인지, 그리고 그것이 어디에서 어떻게 제조되는지 알지 못하는 상황에서 그 방해각이 우리에게 얼마나 좋은지 저는 솔직히 확신을 할 수는 없습니다.

저는 몸이 좀 허해졌다고 느낄 때면 생차에 방해각을 조금 넣고 우립니다. 생차 80%와 방해각을 20%를 넣고 우리면 더욱 구수한 맛이 납니다. 이 비율은 정해진 규정은 없고 마시는 사람에 따라 입맛에 맞게 조절하면 됩니다.

 언젠가 싱가포르 차장에서 2006년에 만든 순료 숙전차를 사서 마셔보고 맛이 너무 좋아 공구를 한 적이 있고, 서울에서도 시음회 때 마시기도 했습니다, 그 순료숙차에서는 장향이라고 쓰여 있었습니다.

 이 장향에 대한 이야기는 사람마다 다릅니다만, 오늘은 장향에 관한 가장 일반적인 설명을 쓰겠습니다. 이게 바로 보이차가 사실보다는 뇌피셜이 많고 또 검증이 되지 않는 내용들이 난무하기 때문에 구매에 신중해야 하는 이유입니다.

 저는 94년부터 홍콩에 와서 보이차를 마시기 시작했고, 당시 보이차에 관한 학문적인 연구들이 없었기 때문에 그것에 대해 연구한 대만의 유명한 교수의 주장에 의존할 수밖에 없었습니다. 따라서 저는 장향에 대해서 이렇게 들었습니다.

운남 각지엔 녹나무(장향나무) 군락지가 많고 녹나무는 햇빛을 적당하게 차단해 주기 때문에 녹나무 밑은 보이차가 생장하기에 아주 적합한 환경이 된다고 합니다. 일반적으로 보이차에서 장향이 난다고 하는 근거는 다음과 같았습니다.

1. 녹나무 군락지 주변에서는 장나무 잎의 강렬한 향이 차나무 잎에 흡착되므로 보이차에서 장향이 난다.

2. 차나무의 뿌리가 녹나무 뿌리와 땅속에서 얽혀 같이 자라고 보이차 뿌리가 녹나무 뿌리에서 일정 성분을 빨아먹기 때문에 보이차에서 장향이 난다.

3. 녹나무에서 떨어진 잎이 분해된 후 차나무 뿌리에서 흡수되어 보이차에서 장향이 난다.

이렇게 예전에는 장향을 설명을 했고 저도 그렇게 들었으나 최근 몇 년에 걸친 중국 윈난(雲南)농업대학 등 여러 기관의 '보이차의 향기 성분 분석' 결과에 따르면 장향은 녹색근균, 흑국균, 소근균균, 양주효모 등의 미생물들이 발효에 관여하는 과정에 생긴 방향성 화합물들에서 만들어지는 향이라고 합니다. 다양한 시료를 이용해 분석해본 결과 악퇴를 거친 숙차와 습창을 거친 차에서도 동일한 화학적 성분이 발견된다고 발표를 했습니다.

그리고 2011년 윈난농업대학 저우홍지에 교수도 다음과 같이 말을 했습니다.

"시중에는 어떤 나무 옆에서 자란 찻잎으로 만든 차는 어떤 향이 난다는, 특히 장나무 숲에서 자란 차나무잎으로 만든 보이차에서 장향이 난다는 말이 있는데, 이는 잘못된 것이다." 중략

"보이차의 향기를 말할 때는 보통 '진향'이라고 한다. 진향은 사람이 맡았을 때 아주 기분 좋고 편안한 느낌을 가지게 한다. 이러한 좋은 향기 성분들은 실제 각각의 균과 깊은 관계가 있다. 장향의 경우는 검정곰팡이와 관계있다고 본다." 라고 말씀을 하셨습니다.

이렇듯 보이차는 뇌피셜이 난무하고 정확한 자료가 충분하지 않습니다. 그렇기 때문에 여러분들도 꾸준히 업데이트를 해야 할 이유가 됩니다. 그리고 저의 개인적인 생각을 쓴다면 저는 최근의 연구결과인 미생물 발효의 결과물이라는 것에 손을 들어주고 싶습니다.

진화하는
보이차

요즘에는 이러한
제품들도 있습니다

　얼마 전에 집 근처의 쇼핑몰에 갔다가 아래와 같은 페트병에 담긴 다양한 차를 보았습니다. 일본의 대표적인 녹차인 센차와 그 녹차를 로스팅한 호지차였습니다. 과거 한국에서도 보이차를 담은 페트병을 판매했었습니다. 15년 전에 중국의 차생산 기업이 한국에서 보이차를 만들어서 판매도 하려고 했었고, 국내 유명 중식당에 공급도 했었고, 국내 유명 음료회사들에서도 보이차를 페트병과 캔에 담아서 판매도 했습니다. 하지만 지금은 어느 편의점에 가도 없습니다. 왜일까 생각을 해보니 역시 관건은 동일한 품질과 맛과 온도여야 한다는 것이었습니다. 과연 한국에서 나온 보이차 페트병이 어떤 조건에서 제조되었는지에 대한 의구심, 그리고 100도의 물로 끓여 마시는 보이차이기에 편의점에서 그 온도를 유지해야 한다는 점이 유통에 걸림돌이 되었던 것 같습니다.

　관건은 온도를 어떻게 따뜻하게 유지를 하느냐인데, 작은 크기의 보온병이나 재활용이 가능한 용기 같은 곳에 넣어서 팔면 어떨까 하고 생각도 해봤습니다. 마치 편의점에 가면 따뜻하게 커피나 홍삼차도 데워서 판매하는 것처럼 말입니다. 대신 재활용이 가능한 용기는 가격이 좀 비싸겠죠.

보이차 페트병 음료

그리고 어느 날 홍대에 갔다가 우연히 보이차 소프트 아이스크림을 보았습니다. 몸을 따뜻하게 해주는 아이스크림은 도대체 무엇인지 이해는 안 갔습니다만 새로운 시도라는 면에서 참 반가웠습니다.

그리고 서울의 단골 찻집의 사장님은 저에게 산양유를 넣은 보이차 라떼나 커피 에스프레소로 내린 보이차를 주시곤 했습니다. 상당히 맛이 좋았고, 에스프레소로 내린 것은 보이차의 강한 힘을 느낄 수 있었습니다.

보이차 라떼   보이차 에스프레소

미래에는 점점 이러한 먹거리와 보이차가 더욱 연계가 될 것으로 보여 참 반가운 느낌이 들었습니다. 저는 이러한 새로운 시도들을 볼수록 보이차는 과거의 관습이 아니라 미래의 트렌드에 초점을 두고 마셔야 한다는 확신을 갖게 됩니다. 보이차를 즐기는 대상은 과거 수백 년 전 사람들이 아니라 오늘날 우리와 미래 세대들이기 때문입니다. 그래서 그들의 기호에 또는 입맛에 맞는 보이차와 연계된 먹거리가 중요하다고 생각합니다.

보이차의
저변확대를 위한 제안

　어느 날 저의 보이차 동호회의 회원분이 찜질방의 매점에서 보이차를 판매하는 것을 보고 호기심이 생겨 사장님과 이야기를 나누었다고 합니다. 그 사장님은 식혜와 탄산음료를 판매해 왔는데, 1년 전 매점 납품업체를 통해 보이차가 몸에 좋다는 말을 듣고 보이차를 팔게 되었다고 합니다. 아래 사진처럼 간단하게 티백을 넣고 우려서 거기에 얼음을 넣고 플라스틱 물통에 넣어 줍니다. 하지만 아직 사람들이 잘 모르기도 해서 많이 찾지는 않는다고 합니다. 그래도 커피나 탄산음료가 건강에 해가 되고 중독성이 있다면 보이차는 혈관 건강과 다이어트에도 도움이 된다고 알려져 있기 때문에 메뉴에 추가를 했다고 합니다.

해외출장을 자주 다녔던 저는 주로 공항의 라운지나 비행기 안에서 보이차를 시켜 마셨습니다. 제가 자주 이용하는 싱가포르 에어라인에는 사진과 같이 보이차를 제공을 하였는데, 나중에 알고 보니 고급 브랜드의 티백으로 우리고 있었습니다. 특히 사진에 나오는 룩유 보이차는 홍콩에서 상당히 많이 알려진 보급형 보이차입니다. 아쉽게도 우리나라의 라운지나 비행기 내에서는 현미차나 녹차나 둥굴레차는 있지만 보이차는 없습니다. 또 제가 서울에서 자주 묵는 호텔의 라운지에도 최근에 보이차가 등장했습니다. 아마 저의 생각에는 홍콩과 중국본토에서 오는 사람들이 많이 찾아서 구비해 놓은 것 같습니다. 이렇듯 우리나라도 앞으로 보이차를 제공할 수 있는 공간들이 많아졌으면 합니다. 한국에서도 보이차가 더욱 보급되기 위해서는 생활 속에서 보이차가 많이 퍼질 수 있어야 합니다. 그러기 위해 보이차를 어렸을 때부터 편하게 마실 수 있는 여건을 만들어야 한다고 생각합니다. 학교나 회사의 구내식당 및 카페테리아 등에서 굳이 커피나 탄산음료가 아니고 보이차를 마실 수 있다면, 비록 그것이 질이 떨어지는 티백이라 할지라도 아예 안 마시는 것보다는 낫다고 생각합니다. 실제로 5년 전에 홍대 근처에 갔다가 우연히 들른 찻집에서 사진과 같은 보이차를 티백에 넣어 팔고 있었습니다. 그 찻집은 보이차 전문점은 아니지만 보이차를 팔고 있었습니다. 그런데 최근에 가보니 안타깝게도 없

어졌습니다. 이러한 찻집이 동네마다 많이 생겼으면 하는 것
이 저의 바람입니다.

　대만의 화교분들이 사장이신 제가 오랫동안 단골로 다니는
중국 식당의 카운터에는 다음과 같은 보이차를 팔고 있고 식
당에서도 한 잔씩 팔기도 합니다. 이렇듯 중국 식당에서부터
보이차를 팔기 시작한다면 수요도 늘고 저변도 확대가 될 수
있다고 생각합니다.

저희 집 근처의 쇼핑몰에서는 복건성에서 나온 다양한 종류의 우롱차들을 100g에서 150g씩 나눠서 작은 용기에 담아 팔고 있습니다. 가격은 보이차와 비교해서 조금 더 비싼 편입니다. 보이차도 이러한 용기에 숙차면 숙차, 생차면 생차대로 표준화시켜서 판매한다면 괜찮지 않을까 생각을 해보았습니다. 예를 들어 1990년대 중반 숙차, 2000년대 생차(이우 지역), 1990년 중반 숙산차(맹해, 반장 지역) 등이지요.

미래에는 커피 체인점들도 블록체인을 활용해서 원두의 원산지 정보를 알려준다고 합니다.

보이차도 어디가 원산지고 언제 만들었는지를 알려주면 좀 더 투명하고 바가지가 없는 유통이 가능해질 것입니다. 중국 정부도 블록체인의 산업화에 많은 관심이 있기 때문에 더욱 좋은 기회로 느껴집니다. 단, 문제는 원산지부터 속일 가능성도 있고, 커피 원두를 생산하는 국가들도 인프라가 구축이 돼있는 국가들이 아니라서 제대로 알려질지는 의문입니다. 때문에 블록체인을 이용해서 원산지를 추적하는 것을 중국 정부가 나서서 한다면 보이차에 대한 이미지를 제고하고, 사람들에게 심적으로 안정감을 줄 수 있으며, 더 많은 보이차를 마시는 사람들의 기반을 넓혀줄 수 있지 않을까 생각합니다.

진화하는
보이차의 형태

휴대하기
간편한 보이차들

기존의 보이차는 부숴야 하고 우려야 하고 보관도 해야 하고.. 사실 손이 많이 갑니다. 하지만 최근의 보이차들은 휴대하기 간편하고 쉽게 마실 수 있는 형태의 보이차로 진화를 하고 있습니다. 혹시 초콜릿 모양의 작은 보이차들을 보신 적이 있나요? 저는 이러한 형태의 보이차가 휴대하기 편한 미래형 보이차라고 생각합니다. 병차 전차 타차 같은 다양한 모양의 보이차들보다 이것들은 간편하게 가지고 다닐 수 있고 1번에 마시는 용량이 정해져 있어서(보통 6g~8g) 마시기에 편한 장점도 있습니다. 이렇게 보이차는 동그랗거나 사각형의 모양을 떠나서 쉽게 휴대가 가능한 형태들로 바뀌고 있습니다.

이러한 생소한 형태로 인해 재미있는 에피소드들도 생기고 있습니다. 최근 어느 모임에서 어떤 부부가 선물로 받은 초콜릿 모양의 소타차(小沱茶)가 진짜 초콜릿인 줄 알고 입에 넣고 맛이 없다고 투덜대는 모습을 보게 된 것입니다. "보이차"라고 설명을 해주었는데도 우리는 방법도 모르고 안 마시겠다고 해서 제가 집으로 가져오게 되었습니다. 한 개로 2리터나 우려졌고 향과 맛도 좋았습니다. 이 단단한 소타차를 씹었으니 치아가 괜찮을지 걱정이 되더군요.

사실 보이차는 예전부터 소방차(小方茶)나 소타차(小沱茶)도 있었습니다. 하지만 현재는 선물용이나 휴대용으로 편리하고 보이기에도 좋게 세련된 포장으로 만들고 있습니다.

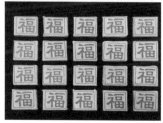

대만의 유명 차장에서 판매하고 있는 소타차와 소방차의 모습

싱가포르 저의 단골 차장에서 판매를 하고 있는 초콜릿 형태의 보이숙차는 한 갑에 20개가 들어있고 무게는 한 개당

6g 정도입니다. 또한 작은 동전 모양도 있는데 가운데에 선이 있어서 반으로 자르기에도 편합니다. 이건 한 갑에 18개가 있고 각각 5g입니다. 차장의 주인의 말에 의하면 주문하는 분의 요구에 따라 그램 수나 한 갑에 들어가는 개수도 바뀔 수 있고, 겉면에 원하는 문구나 사진을 넣을 수도 할 수 있다고 합니다. 예를 들어 어느 회사의 창립기념일이나 누군가의 결혼 등을 기념하기 위해 선물로 나눠주는 것도 가능합니다.

싱가포르 차장의 초콜릿이나 동전 형태의 보이차들은 표일배에 넣거나 자사호에 넣거나 또는 휴대용 거름망에 넣어서 우릴 수 있고, 휴대하기에 편리했고, 맛도 좋은 순료 숙차였습니다.

저는 이 귀여운 초콜릿 형태의 보이차를 선물용으로, 그리고 보이차 동호회 회원들을 위해서도 공구를 했습니다. 이유는 초보자분들이 쪼개고 그램 수를 잴 필요도 없이 매우 간편하게 우릴 수 있기 때문이었습니다. 또한 아래 사진과 같이 캡슐형 보이차가 있을까 해서 뒤져봤으나 없었고 오히려 어떻게 만들었는지는 모르는 알약 형태의 보이차들이 온라인에서 판매가 되고 있었습니다. 그리고 2016년 11월 한국의 어느 회사에서 커피 캡슐에 다양한 차를 집어넣어서 출시를 했습니다. 캡슐 형태의 차를 커피머신을 이용해 간편하게 내려 마실 수 있는 제품이었습니다. 다만 보이차는 없었습니다. 저의 생각에서 보이차는 잎이기 때문에 잎을 분해해서 캡슐로 브랜딩해야 한다는 자체가 좀 더 연구가 필요하지 않을까 생각합니다. 커피는 원두를 갈아 만드는 것이지만 보이차는 잎으로 만들기 때문입니다. 그러나 캡슐형 보이차가 나오면 번거로움이 없이 더 많은 사람들이 자연스럽게 접할 수 있을 것 같습니다. 분말형 보이차가 판매가 되기 때문에 캡슐 안에 분말을 넣어서 만들면 어떨까도 생각해 봤습니다.

2020년 보이차의
현재와 미래

2020년 코로나19의 여파로 저도 그렇고 보이차 동호회 회원분들도 그렇고 많은 사람들이 이동을 못하고 직접 만나지도 못하고 공구를 하거나 시음회도 온라인으로 해오고 있습니다. 저는 운이 좋게도 사태가 악화되기 전인 2020년 초에 홍콩의 차장을 비롯해서 대만, 중국 그리고 싱가포르의 단골 차장 및 직원들과 만나서 이야기를 나눌 기회가 있었습니다.

그 후에 코로나 사태로 인해 상황이 안 좋아져서 해외로 나가기가 어려워진 상황에서 저의 관심사는 향후 안정적인 보이차의 수급이 가능한지와 공구를 해도 되는지였습니다. 그래서 저는 네 곳의 차창들에게 궁금한 점을 물었고 그들의 답도 거의 비슷했습니다. 여기에 그 질문과 답을 올립니다.

홍콩 차장에 대한 질문과 답변

지금 코로나19로 인하여 운남성을 가지도 못 하는데 올봄에 나온 새잎이나 가을에 나오는 잎의 수매는 어떻게 하고 또 그것들의 품질을 어떻게 확인을 하며 향후에 보이차의 가격은 어찌 될 것으로 생각을 하는가?

홍콩의 차장의 직원의 대답

We selected this three spring teas. And now waiting for the sample of autumn tea. Tea are still picking in Yunnan. Because of the virus, not as many people went to yunnan, but still have. We just do as usual but reduce the quantity. Unlucky that the cost still quite high.

우리는 이 세 가지 봄 차를 선택하고 이제 가을에 딸 차의 샘플을 기다리고 있습니다. 운남에서는 여전히 차를 따고 있습니다. 바이러스 때문에 운남에 갔던 사람은 많지 않으나, 여전히 가고 있습니다. 우리는 평소와 같이 수매를 하지만 수량을 줄입니다. 새로운 차의 가격이 상당히 높아져서 유감입니다.

2020년 홍콩의 차장이 선택한 세 가지 생차

대만 차장의 직원의 대답

現在因為疫情我的老闆也沒辦法去中國 只能電話連絡他中國很多朋友 현재 우리 차장의 사장도 코로나 때문에 중국에 못 갑니다. 그는 중국에 상당히 많은 친구가 있고 전화로만 소통하고 있습니다.

其實普洱茶一直都有假茶 , 所以要找有信用的賣家 사실 보이차는 늘 가품(바가지)가 있었습니다. 그래서 신용 있는 판매자를 찾아야 합니다.

很多人買 , 只是要看自己想要的是什麼 많은 사람들이 보이차를 삽니다. 그런데 중요한 것은 내가 왜 보이차를 사야 하는지를 알아야 합니다.

因為有的人想找真正自己要喝的茶 , 有的人是要找可以投資价格會漲價的茶 왜냐면 사람들은 자기가 마시고 싶은 보이차를 사기도 하지만, 어떤 사람은 향후에 가격이 오를 것으로 보고 투자를 하려고 구매하기 때문입니다.

近年來中國普洱產地的茶葉价格很高了 최근 몇 년은 중국의 보이차 산지의 찻잎의 가격이 상당히 비싸졌습니다.

最近大益的新茶都貴但是沒有辦法 , 現在茶葉市場就是這樣 가장 최근의 대익패의 신차들도 모두 비싸지만 하지만 어쩔 수 없습니다. 현재의 찻잎의 시장이 이렇기 때문입니다.

我也買了一些大益新茶 저 역시 대익의 새 차를 샀습니다.

그리고 심지어 올해 만든 생차도 비싸다는 이야기를 했더니 이런 답이 왔습니다.

　以前的茶料金也是便宜　現在山上的茶料都貴了　옛날의 차 원료의 가격은 쌉니다. 현재 산속(보이차의 생산지)의 차 원료들은 모두 비쌉니다.

　所以現在買普洱，必須了解自己想要什麼樣　따라서 지금 보이차를 구매를 할 때는 반드시 자기가 원하는 것이 무엇인지를 알아야 합니다.

　有的是要找自己喝的，有的是想普洱賺錢的，所以想要的茶不一樣　어떤 이는 자기가 마실 차를 찾기도 하고, 또 어떤 사람은 돈을 벌려고 사는 사람도 있습니다. 따라서 원하는 차가 다를 수가 있습니다.

　如果是自己要喝的，就不用品牌，只要茶料好年份有价格合理就可以了　자기 본인이 마실 차를 구한다면, 브랜드가 있는 차보다는 차 원료가 좋은, 차의 수령이 알맞은 합리적인 가격의 보이차를 사면 됩니다.

　如果是要賺錢的，我建議您一定要買大益品牌　만약 돈을 벌고 싶다면, 나는 대익패를 사라고 추천하고 싶습니다.

　現在普洱市場，大益還是主流　현재 보이차 시장은 대익패가 주류입니다.

市場來說生茶比較有變化 , 所以价格一定比熟茶貴 숙차에 비해서 생차의 변화가 많기에 가격이 비쌉니다.

買茶是要買自己喜歡的比較重要 결국 차를 구입할 때는 자기가 좋아하는 차를 사는 것이 비교적 중요합니다.

이외에도 많은 이야기를 했습니다만 결국 대만의 추세는 차의 품질을 확신을 못 할 바에야 대익패 같은 브랜드를 믿고 사야 한다는 것입니다. 그렇지 않다면 홍인이나 황인이나 중차패 같은 오래된 차들이 있는데, 그것들이 진품이라면 비싸고 바가지가 많기 때문에 개인들이 구매하기가 어렵다고 합니다. 실제로 2004년이나 2005년의 생차의 가격이나 2019년 생차의 가격이나 별로 차이가 없거나 과거 몇 년 동안 초봄에 딴 신차의 가격이 더 비쌉니다. 왜냐면 초봄에 따는 보이찻잎의 가격이 높아졌기 때문입니다. 물론 2019년의 보이차 잎이 2004년이나 2005년의 잎보다야 좋은 것을 사용했겠시만, 산지의 가격이 너무나 올라서 예전 같은 저렴한 가격은 나오기가 어렵기 때문입니다.

다음은 중국의 차장의 사장의 말입니다.

现在快很方便大品牌的货比较有实力 , 货的品质比较稳定 , 有自己的古树 , 所以货源品质都有保证。 현재는 유명한 브랜드의 차가 구하기 편리하고 품질도 좋고, 제품의 품질도 비교적 안정이 되어있습니다. 오래된 나무(고수 古树)도 가지고 있고 상품의 품질도 모두 보증이 가능합니다.

私人的小的品牌现在做的少 저 같은 작은 규모의 차장은 자기 나름만의 브랜드로 적은 양을 만들기도 합니다.

이곳도 브랜드가 있는 보이차를 사는 것이 좋다고 하는군요. 이곳은 최근에는 운남성의 작지만 성실하고 믿을만한 차장의 사람들과 계약을 해서 독점으로 생차의 새잎을 이용한 보이차를 팔고 있습니다. 물론 가격이 예전에 비해서 많이 비쌉니다. 참고로 이곳은 작년에 만든 생차를 이렇게 작게 휴대하기 편하게 생차로 만들어서 팔고 있는데, 가격은 그리 저렴하지는 않았으나 맛은 아주 좋았습니다.

중국의 단골 차장에서 한 개에 7g으로 개별 포장해서 판매하는 생차

다음은 싱가포르의 차장 사장의 말입니다.

现在新的老树茶价格太贵，比几年陈的老树茶都贵，我们卖几年陈的还便宜，手里也有货，当然不要做新茶了 현재 새로운 노수차의 새잎은 너무나도 비쌉니다. 몇 년 묵은 노수차의 잎보다도 비쌉니다. 우리는 몇 년 묵은 차를 더 싼 가격으로 팔고 있습니다. 당연히 너무 비싸기 때문에 새잎으로 만든 차를 만들어서 팔지를 못합니다.

여기도 마찬가지로 새잎들이 너무나도 비싸고, 차라리 몇 년 묵은 잎으로 만든 보이차를 팔고 있고, 또 다른 차도구(찌엔짠이나 자사호나 자도호 같은 것)나 육보차 및 순료차 같은 차들을 판매하고 있는 중입니다. 전통적인 모습이 아닌 티백이나 부순 보이차를 포장해서 파는 등 획기적인 모습으로 손님들에게 어필할 수 있는 다양한 보이차들을 판매하고 있습니다.

잘게 부순 후에 작은 용량으로 포장해서 판매하고 있는 보이차들

커피숍에서 마시는 커피의 물은 무엇인지
몰라도 되고, 보이차를 우리는 물은
꼭 알아야 할까?

저에게 개인적으로 보이차에 관한 질문을 해오시는 분들이
아주 많습니다. 최근 한 분이 보이차를 우리는 물은 어느 것
이 좋은가에 관하여 질문을 하셨습니다.

물론 수질이 안 좋은 중국에서는 물을 끓여야 하고, 또 마그
네슘 같은 미네랄이 들어간 경수가 우리의 몸에 좋다고는 하
지만, 보이차의 고향인 운남(雲南)의 수질이나 또는 열악한
중국의 수질을 생각해 볼 때 좋은 수질을 가진 우리가 군이
어떤 물을 이용해서 마시는 것에 포커스를 두기보다는 보이
차의 연령이나 종류나 보관 방법에 포커스를 두는 것이 더 낫
다고 생각합니다.

어차피 보이차를 우리는 물은 100도의 온도에 끓이고 우리
기에 물의 종류는 크게 신경을 안 쓰고 드셔도 좋다고 생각
합니다. 물론 집 근처에 깨끗한 지하수를 마실 수가 있거나
1.5리터나 2리터짜리 미네랄워터를 구입해서 사서 끓여 마신
다면 더욱 좋겠지만, 번거롭지 않게 수돗물이나 정수기 물로
끓여 마셔도 충분합니다.

유명한 해외 커피 체인에서 사용하는 커피의 물은 어떤 물인지 모르지만 보이차는 왜 이렇게 까다로운 기준을 두어야 하는지 의문입니다. 이러다 보면 여러 사람들에게 몸에 좋다고 들어서 보이차에 관심은 있는데, 어디서부터 시작을 해야 할지 모르는 사람들을 자꾸 멀어지게 하는 이유가 될 수도 있습니다.

보이차와 평생 친구가
되기 위한 나의 제안

얼마 전에 젊은 사람들이 커피보단 다른 차를 더 많이 마신다는 신문기사를 봤습니다.

이를 간략하게 요약했습니다.

"최근 젊은 층을 중심으로 커피보다 차 음료를 찾는 경향이 늘고 있는 것으로 나타났다.

BGF리테일이 운영하는 편의점 CU는 지난 8월 20~30대 고객층을 상대로 한 차 음료 매출이 지난해 같은 기간 대비 21% 증가했다고 2일 밝혔다. 같은 기간 이 연령대 고객 대상 커피 매출은 5.6% 늘었다.

하지만 40대 이상 중장년층에서는 커피 매출이 9.5% 늘고, 차 음료 매출은 4.8% 증가하는 데 그쳐 젊은 세대와는 차이를 보였다."

중략

"특히 스타벅스 재팬은 '맛차(抹茶)', '호지차(焙じ茶)' 등 일본인에게 익숙한 차를 사용해 라떼 및 프라프치노와 같은 상품을 개발해 정착시킨 바 있다. 롯폰기에 첫선을 보인 매장은 '스타벅스 차 한 잔으로 마음의 여유를'이라는 컨셉으

로 고객들의 발길을 사로잡기 위해 도전장을 냈다."

또한 중국의 차문화를 일본에 전달하려고 하는 시도들도 있습니다. 니혼게이자이 신문에 나온 기사를 요약해보자면 "중국의 양대 차 카페 브랜드 중 하나인 '나이쉐더차(奈雪の茶)'가 올해 일본 1호점을 오사카(大阪)의 번화가에 문을 열었다고 합니다. 나이쉐더차의 경우 차 원료 산지에서 직접 조달 받은 찻잎에 과실을 더해 칵테일과 같은 느낌을 주는 음료들을 팔고 있다고 합니다. '중국의 스타벅스'라고도 불리는 시차(喜茶) 역시 일본에 진출을 하려고 합니다."

한편 후지 경제신문에 따르면 일본차 및 중국차 전문점의 총수는 2019년 말 기준 1천3백 점포로 3년 전과 비교해서 3배 이상 증가했다고 합니다. 물론 커피점 전문점은 6만 2천9백 점포로 점유율로는 압도적이지만 지난 3년간 4% 정도 매장 수가 감소했습니다.

커피보단 다른 차들을 젊은 사람들이 마신다고 하는 기사가 반갑긴 합니다. 그리고 저의 생각에는 향후에는 현재같이 방문이나 모임을 자제하고 여러 사람들이 한 번에 만날 수가 없는 상황이 길어지면 제가 진행하는 온라인 시음회가 더 자주 열릴 가능성이 있다고 봅니다.

서울과 싱가포르를 연결하여 보이차 온라인 시음회를 하는 모습

저희 보이차 동호회는 온라인 시음회의 활성화를 목표로 하고 있습니다. 중국본토, 대만, 홍콩, 싱가포르 등지의 검증된 보이차 샘플을 미리 회원들에게 보내고 함께 맛보며 품평을 하는 시간을 "정기적으로" 갖고자 합니다. 이것은 코로나 시대에 가장 안전한 방법으로 가성비 높은 새로운 차들을 다양하게 맛볼 수 있다는 장점이 있습니다.

제가 항상 말씀드리는 것은 좋은 보이차 구입을 위해 해외의 보이차 차장과 차산지를 탐방하고 현지구매를 할 필요가 없다는 것입니다. 보이차를 뇌피셜로 배운 이들이 저에게 자주 하는 질문들이 있습니다. "운남성의 맹해나 이우 지역을 다녀와 봤어요?" "거기서 직접 구매해왔어요?" 그럼 저는 반대로 이렇게 질문을 합니다. 만약 그들이 와인을 마신다면 좋은 와인을 얻기 위해 프랑스 남부 포도농장이나 미국의 나파 밸리에 가봤냐고 묻습니다. 안 가봤다면 좋은 와인을 보증할 수 없는 것일까요? 물론 저 역시 탐방을 위해 운남성을 다녀왔습니다. 수차례 다녀온 후 내린 결론은 갈 필요가 전혀 없다는 것입니다. 운남성은 우리나라보다도 면적이 크며 교통도 안 좋아 이동이 매우 불편합니다. 온라인으로 보이차에 관한 사진이나 동영상도 많이 있기 때문에 그것을 활용하는 것이 훨씬 더 편합니다. 대부분 보이찻집은 다양한 보이차를 팔고 있고 계속 새로운 차를 마셔보면서 최근 흐름을 아는 것이 더욱 중요합니다. 그러면서 본인만의 보이차의 개념을 확립해야 합니다. 그 후에 궁금한 점이 생기면 전문가들에게 묻고 시음회도 나가보고 답을 찾으면서 실력을 키워가면 됩니다. 또한 운남처럼 교통도 불편하고 언어도 안 통하는 보이차 산지에 가는 것보다는 심천 광저우 홍콩 마가오 대만 말레이시아 등지에서 매년 열리는 보이차 박람회에 가는 것을 추천합니다. 이곳은 영어를 포함한 언어도 되고, 숙박도 편하고, 또 다양한 보이차를 경험할 수 있기 때문입니다. 누누이 말씀드리지만 운남성은 보이차의 산지이지 보관장소나 소비지가 아닙니다.

또 다른 제안은 공구를 잘 활용하라는 것입니다. 차장과 직접 연락하는 것도 좋은 방법이지만 중국어를 잘해야 한다는 단서가 있습니다. 중국말이 어설프면 협상이 잘 안될 수 있기 때문입니다. 환율 계산도 어렵고 배송 문제도 있습니다. 실제로 코로나19가 창궐하고 있는 최근에는 한국과 홍콩, 또는 한국과 싱가포르 사이의 운송이 늦어지거나 아예 금지가 되기도 합니다.

가장 좋은 방법은 믿을만한 전문가와 함께 샘플들을 받아보고 자신에게 잘 맞는 보이차를 공구를 하는 방법입니다.

제가 공구하는 보이차들의 가격이 상대적으로 많이 저렴한 이유는 온라인이나 오프라인에 광고를 하지 않고, 공구를 하는 수량만큼 구매를 하기에 재고의 걱정도 없으며 중국본토, 대만, 홍콩, 싱가포르의 차장을 통해 좋은 가격의 보이차들을 직접 제가 샘플을 마신 후에 결정을 한 것이기 때문입니다.

마지막으로 보이차에 관한 동영상, 책, 잡지 무엇이든 좋으니 꾸준히 보는 것을 추천드립니다. 영어 일어 중국어 가릴 것이 없이 보면서 눈을 넓혀야 합니다. 요즘에는 외국어 번역 앱들이 잘 되어있기에 그것들을 활용해서 많이 읽고 배워야 합니다. 와인을 배울 때 라벨을 어떻게 읽는지, 냄새와 향은 어떻게 맡는지, 기본과 정보에 관심을 두지만 보이차의 정보는 잘 알려고 하지 않습니다. 그러나 분명한 점은 배울수록 보이차의 매력은 크게 달라진다는 것입니다. 전문 잡지, 동영상 강의들을 보면 비용도 들지 않고, 재미도 붙일 수 있습니다. 그렇게 함으로써 중국의 보이차 흐름을 알 수 있습니다. 몇십 년 지난 옛날 책을 바탕으로 아는 지식은 이미 마셔서 없는 보이차라고 할 수 있습니다. 보이차 시장도 항상 변화하며 새로운 지식을 알수록 나에게 잘 맞는, 가성비가 좋은 보이차를 구할 수 있습니다. 보이차에 있어서는 과거의 역사만 안다면, 그것도 문화혁명으로 분서갱유를 당해 거의 다 소실된 그러한 역사만 안다면 아무 도움이 안 된다는 것입니다.

저는 페이스북의 보이차 동호회와 네이버의 카페 모임을 통해 현재 활발히 보이차의 전파를 위해서 노력을 하고 있고, 향후에는 동호회 회원들과 해외의 차장 방문도 함께 하려고 생각 중입니다.

저자가 보이차 동호회 회원들과 함께한 모습과
외국인에게도 보이차를 소개하는 모습

동호회 회원들과 보이차를
마시고 이야기를 나눈 카페

저의 첫 번째 책에도 보이차를 마시기 편한 카페를 한 곳 소개를 했습니다만, 이번 책에도 역시 보이차를 마시기에 아주 좋은 분위기의 카페를 소개합니다.

여기서 소개하는 카페는 시내에 있어 접근성이 좋습니다. 1층은 카페이고 2층에는 시음회를 할 공간도 있습니다. 저도 이곳에서 여러 번 시음회를 했었고 사장님 또한 보이차에 관심이 많은 분이라 적극적으로 협조도 해주셨습니다. 아침 일찍부터 밤늦게까지 보이차를 사랑하는 분들에게 항상 열려 있는 공간이고, 사장님 또한 저희 보이차 동호회의 회원이기도 하고 보이차 공구에도 참여하셔서 1층의 카페에서 1인용 세트로 보이차를 판매도 하고 있습니다. 앞으로 이러한 카페가 많아져서 보이차를 마시고 싶은 분들이 편하게 들려서 마시고 대화도 하는 사랑방 같은 카페가 많아졌으면 좋겠습니다.

저자가 소개하는 카페에서 보이차 시음회를 하는 모습

에필로그

저는 다양한 연령과 직업을 가진 분들과 정기적으로 보이차 시음회를 갖고 있습니다. 보이차 시음회에 오신 분들의 이야기를 들으면 보이차를 마시면서 힐링이 되고 기분이 좋아졌다는 이야기를 자주 듣습니다. 그럴 때 저는 보람을 느낍니다. 현대의 사람들은 핵가족화가 되고 각자 생활이 바쁘기에 가족끼리도 이야기를 할 시간이 부족합니다. 하물며 타인과는 오죽하겠나라는 생각이 듭니다. 현대의 사람들은 각자 자기의 성(城)에 살고 있다고 보며 그 성과 다른 성을 연결하는 것은 말 또는 대화라고 생각을 하며, 그때 보이차가 중요한 역할을 해주길 기대하고 있습니다. 제가 보이차 시음회에서 참석한 분들의 희망과 꿈을 물어보면 거의 대부분 3H로 함축이 됩니다. 행복하고 싶고(hapiness) 건강하고 싶고(healthy) 그리고 힐링하고(healing) 싶다는 것이었습니다.

이번에 쓴 두 번째 책과 첫 번째 책이 되도록 흐름이 끊어지지 않고 잘 이어지도록 노력을 했습니다. 너무 보이차를 어렵게 접근을 하시지 말고, 하나의 기호음료로서 쉽게 다가가시길 바라는 마음에서 이 책을 썼습니다. 이제 100세 시대를 맞이하여 웰빙을 추구하는 모든 분들이 건강하고 원하는 바가 이루어지길 기원합니다.

- 2020년 상하(常夏)의 나라 싱가포르에서 김찬호 拜上

생활 속의 보이차

1판 1쇄 발행 2021년 3월 02일

지은이 김찬호
펴낸이 강준기
펴낸곳 메이드마인드
디자인 당아

주소 서울시 마포구 용강동 인우빌딩 5층
주문 및 전화 070-7672-7411
팩스 0505-333-3535
이메일 mademindbooks@naver.com
출판등록 2016년 4월 21일 제2016-000117호
ISBN 979-11-964773-4-9 부가기호 03800

이 책은 저작권법에 보호를 받는 저작물이므로 무단 복제와 전재를
금합니다.
잘못 만들어진 책은 구입한 곳에서 교환해드립니다.

아침에 차 한 잔은 하루를 활기차게 하고,
정오에 차 한 잔은 일을 즐겁게 하고,
저녁에 차 한 잔은 피로를 가시게 준다는 말이 있습니다.
건강한 백세시대를 위해 여러분들도
이제 보이차의 세계에 저와 함께 빠져 보시죠?

김찬호 拜上